ラルーナ文庫

JN105185

運命の期限はざっと十四日

～恋愛音痴のオメガバース～

くもはばき

三交社

CONTENTS

Illustration

亜樹良のりかず

運命の期限はざっと十四日

～恋愛音痴のオメガバース～

本作品はフィクションです。
実際の人物・団体・事件などにはいっさい関係ありません。

一、妄想炸裂《さくれつ》アルファバース

　窓際の狭い座席から立ち上がると、安斎公平《あんざいこうへい》の膝《ひざ》はパキパキと乾いた音を立てた。郷里の鹿児島から東京までは、たかだか一時間半程度のフライト。けれど久々に座ったエコノミークラスの座席は、身長が百九十センチ近い公平にはやはり少しこたえる。

「すみません。ちょっと、よろしいですか？」

「え？　あ、はい。俺でよければ」

　スーツケースをターンテーブルから引き下ろしたところで、公平は小柄な女性に呼び止められた。良く言えば柔らかい雰囲気の、率直に言えば気の弱そうな、いかにもオメガらしい〝守ってあげたくなる〟感じの女性だ。

「あの、もし違ったら申し訳ないんですけど……私にビジネスクラスの個室を譲ってくださった――」

「ああ、はい！　俺です。よかったお体平気そうで！」

　公平が答えると、女性は「お陰様で」と微笑《ほほえ》んだ。今は薬が効いているのか、彼女のフェロモンは機内で感じられたほどは匂《にお》わない。

最新の統計によれば、地球上のどんな地域でも約百人に一人が《バースファクター》と呼ばれる副次的な内性器を持っているという。バースファクターが男性のものである人は《アルファバース》、女性のものである人は《オメガバース》と呼ばれ、女性のアルファバースと男性のオメガバースは雌雄同体の体で産まれてくる。

そのため、法の上では生殖役割の違いで性別を分けることは今やほとんどない。どこの国でも自認や外性器に基づく男女の区別を第一性別、バースファクターの種類——アルファとオメガに、バースファクターを持たない人を指す《ベータ》を加えた三種類——による区別を第二性別として定義し、結婚についても相手の性別を問わない場合が多い。

こうした人間の出現は人類史において決して古くはなく、紀元前三世紀頃のファラオとその側室のひとりが人類史上最古のアルファとオメガであると言われている。

最初のアルファが大国を治める王であったように、歴史に名を残す名君や権力者にはアルファが多く、大抵はその影にオメガの内助があるようだ。とはいえ性別格差の是正が進んだ現代では、そこまで顕著にアルファとオメガのカップルばかりが高い地位に就いているというわけでもない。せいぜいが「言われてみれば多いかも」くらいのものである。

二千年あまりをかけてその数を殖やしてきたとは言え、そもそもバースファクターを持つ人間の割合は現時点で全体の約一パーセント。そのうちのアルファの割合は、オメガよりは少し多くて約六割程度だ。

公平は十三歳の時に飛び級制度を使って入学したアメリカの工科大学でも、この春に博士号を取ったフランスの航空宇宙大学院でも、常に様々な性別や国籍の人たちと机を並べてきた。そうした環境において、属性で人を区別すれば顰蹙《ひんしゅく》を買う。そしてそれはこれから助教として働く日本の大学でも、きっと同じことなんだろう。

けれどその一方で公平は、家ではずっと「お前がアルファとして得た力や財産は全《すべ》て、人や社会の役に立つことを第一に考えて使いなさい」と教えられてきた。それに、そうすることのできる自分の心身や能力を誇りに思ってもいる。

高貴な者には奉仕の義務《ノブレスオブリージュ》。それが元禄時代に金鉱山の経営で財を成し、アルファ同士の婚姻で血脈を繋《つな》いできた安斎家の家訓だ。「一族が全員アルファ」という血脈自体は自分の秘書をしていたオメガの男性を伴侶《はんりょ》に迎えた祖父の代で終焉《しゅうえん》したものの、家訓は今でも脈々と子や孫に受け継がれている。

「本当に助かりました。——発情期は終わったはずだったんですけど、ここのところ少し周期不順の発作があって……」

女性はそう言いながら公平に何度も頭を下げ、最後は恥ずかしそうに少しだけ声を小さくした。

「気にしないでください。どんなに注意してたって、そういうことってありますよね。俺にもオメガの親戚《しんせき》がいるから少しは分かりますよ」

公平がそう言って微笑むと、女性はまたほっとしたように「そうでしたか。ご親戚が」と胸を撫《な》で下ろしているようだった。

遡《さかのぼ》ること約一時間、シートベルト着用サインが消えた頃のことだ。公平は離陸したばかりの機内に強いオメガ性フェロモンが香っているのに気づき、そばにいたＣＡへフェロモンの持ち主との座席交換を申し出た。

エコノミークラスは満席だったらしいが、旅客リストに登録されていたオメガの乗客は彼女ひとりだったのですぐに見つけることができたと聞いている。伝聞形なのは、公平は彼女の移動が済むまで化粧室に隠れていたからだ。

発作が起こっている時にアルファが目の前へ現れたのでは相手がパニックを起こしかねないし、自分もどうなるか分からない。彼女への気遣いと、自分が「加害者」になってしまわないための自衛策だった。

バースファクターと通常の生殖器官の一番の違いは、性フェロモン分泌の有無だ。アルファとオメガは身体の成熟とともに特殊な性フェロモンを発するようになり、それは一般的に「匂い」として認識される。

動物でも同じことだが、性フェロモンの役割は「交尾が可能な状態を他の個体に知らせること」だ。そのためバースファクターの発する性フェロモンには催淫効果があり、妊娠させる側に回ることの多いアルファは特にこの影響を受けやすい。

　そのため多くのアルファとオメガは、フェロモンの分泌を抑える《抑制剤》やフェロモンに対する反応を鈍くする《抵抗薬》を服用している。自身のフェロモン分泌量や性衝動をコントロールするためだ。そうでもしなければ、とてもではないが安心して日常生活を送ることはできない。

　またオメガには概《おおむ》ね月に一度、発熱などの体調不良とともにフェロモンが多量分泌される期間が数日あり、これが俗に《発情期《ヒート》》と呼ばれている。

　発情期はアルファとの性交渉を重ねることで期間を短縮できるようだが、基本的には薬で症状を抑えながらこの期間が過ぎるのを待つしかない。体調によっては発情期以外でも突発的なフェロモン分泌の発作が起こることもあり、オメガは雇用の上で冷遇を受けやすく社会問題化している。

「ご迷惑をおかけして申し訳ありませんでした。座席の差額、お支払いします。おいくらですか？」

「いえいえ。ほんと、大丈夫ですから。たまたまマイルの特典で取れた座席だったし……人の役に立てたなら、自分で使うよりむしろお得感あるっていうか」

　公平がそう言って固辞しても、女性はしばらく頑として財布を仕舞わなかった。埒《らち》があかないので差額の代わりにハンバーガーセットをご馳走《ちそう》してもらうことにしたが、そういうつもりで席を譲ったわけではないのでかえって恐縮だ。

家族が迎えに来るという彼女とはそのまま空港のフードコートで別れ、公平はモノレールで新居を目指した。大学から歩いて十分のところにあるシェアハウスだ。二階建ての庭付き一戸建てで、部屋数は五つ。古い下宿をリノベーションした家らしいが、写真で見た限りではルーフトップバルコニーのある綺麗《きれい》な建物だった。

先住者の内訳は男性三名に対して女性が一名。そして四人中三人がオメガで一人がアルファ。そう聞いている。住人にベータがいないのは、このシェアハウスに敷かれている特殊な「共有ルール」と「入居基準」のためだ。

そのルールと基準ゆえ、ベータはこのシェアハウスに入居できない。というより、ベータにとっては少々過酷なルールと基準なのだ。よほど特別な事情がない限り、入居を希望するベータはいないに違いない。

何度か乗り換えを挟んで辿《たど》り着いた町は、公平の知っている「東京」とは少し雰囲気が違った。鈍行しか停《と》まらない駅は無人改札で、すぐ目の前が商店街になっている。けれど平日の昼とあってか人通りは少なく、たった今公平が降りた下り電車が遠ざかると、どこからか小さくラジオのニュースが聞こえてきた。そのくらい静かだ。

「北口……で、合ってるよな」

公平は誰《だれ》にともなく小声で発し、ブルゾンのポケットから携帯を出してメッセンジャーアプリの履歴を遡る。

その時だった。その人とすれ違った瞬間、公平の鼻先を濃くて甘い香りが掠《かす》めた。思わず顔を上げて振り向く。明るいグレーのスプリングコートを着た、華奢《きゃしゃ》な後ろ姿が改札を抜けていく。

背丈からして恐らく男性だ。百七十センチくらいはあった。オメガなら、女性はまずそこまで伸びない。

抑制剤が効いていないのか、飛行機の彼女のように発作を起こしているのか——どちらにせよ、思わず振り向いてしまうほどのフェロモンというのはただごとじゃない。

春先は体調を崩しやすいと聞くし、そうは見えなかったけれど、もしかしたら具合が悪くて困っているかもしれない。そう思うと居ても立ってもいられず、公平は彼を追って改札へ取って返した。——が。

「うわっ！」

ＩＣカードのチャージが足りず、足止めを食らった。そうこうしているうちに上り電車が入ってきて、その電車が走り去ったあとのホームに彼の姿はなかった。

あたりは再び長閑《のどか》な静けさに包まれ、我に返った公平は自分の行動に頭を抱える。

まともな判断能力を持ったアルファなら、振り向かされるほどのフェロモンを放っているオメガの前に進んで出ていったりはしない。現に公平だって、飛行機の彼女が発作を起こしている間はずっと身を隠していた。

とするなら、公平が彼の後を追おうとした本当の理由は「具合が悪くて困っているかもしれないと思ったから」ではない。

本当の理由はもっとどうしようもない、人としてあるまじき衝動——きっと「彼をすぐにでも自分のものにしなければならないと思ったから」だ。

冷静になって考えれば分かることが、ほかにいくつもある。

あれだけしっかりした足取りで歩き電車に乗って出かけていったのだから、きっと彼の体にはなんら異常は起きていない。もしかしたら、人より少し平常時のフェロモンが多いタイプの人ということはあるかもしれないが。

とするなら、異常なのは自分の方だ。長時間の移動によるストレスで、軽い《発情《ラット》》を起こしたのかもしれない。

オメガのように決まった周期はないものの、アルファにも発情の症状がある。ラットと呼ばれるそれはフェロモン受容体の過剰反応によるもので、判断力の低下や酩酊《めいてい》を伴いながらアルファを強制的に性行動へ掻《か》き立てるのだ。強いオメガ性フェロモンを感受した時のほか、ストレスや体調不良が原因で発作的に起こることも多い。

症状の軽いうちは対象と距離を置いたり頓服《とんぷく》薬を用いることで治まるが、重症化した場合には他者との性的接触以外で状態が改善することはない。しかし日常的に微量のオメガ性フェロモンを感受することで耐性がつき、その頻度を減らすことができるようだ。

残る一つのパターン――非常に低い確率ではあるものの――は、自分と彼のフェロモンタイプが稀《まれ》に見る好相性であったのかもしれない。ということ。

アルファとオメガのフェロモンとその感受性には、遺伝的なルーツによって相性の良し悪しがある。「相性の良い者同士ではお互いのフェロモン分泌が増え、悪い者同士では逆に減退したり、反比例したりする」といった具合だ。

相性が良い相手のフェロモンほど良い香りに感じる。というのは俗説だが、自分と異なるバースファクターの相手と付き合ったことがあれば誰しも心当たりがあるに違いない。要するに、フェロモンの相性というのは体の相性だ。そして、我を忘れるほどの芳香を放つ相手のことを「運命の人」と言ったりする。これもあくまで俗説ではあるが「お互いに『運命の人』と感じられるほどの芳香を感じ合う相手とは、平均で十日以内、遅くとも十四日以内には結ばれる」という統計もあるらしい。

彼があの瞬間、自分と同じように「芳香」として公平のフェロモンを嗅《か》ぎ取っていたかは杳《よう》として知れない。けれど、もしICカードの残高が足りていたら――きっと公平は、彼にとても酷《ひど》いことをしたに違いなかった。我がことながらぞっとする。

そんなことを考えて固唾《かたず》を飲み、ついでに頓服の抵抗薬も飲み下した時だった。迎えに来てくれた先住者から着信があって、公平はあたりを見回しながらその電話に出た。

「――もしもし、安斎です。はい。今北口に……ああ、いましたいました」

道向こうに黄色いクラシックミニが停まっていて、スカジャンを羽織った少しやんちゃそうな男性が窓から手を振っていた。

「遅くなってごめーん！　いま後ろ開けるから！」

彼は運転席を降りてくると、スーツケースの持ち手を下げた公平の顔を見上げて目を丸くする。

「でか！　身長何センチ？」

「百八十八です。……言うほどですかね」

「でかいよ。っていうか、ビデオチャットじゃそういう印象なかったからびっくりした」

言いながら彼は公平のスーツケースを片手でひょいと積み込み、大きな音を立ててトランクを閉めた。そして、短い爪《つめ》の分厚い手を公平に差し出す。

「改めまして、美女木健《びじょぎけん》です。〝メゾンAtoZ〟へようこそ」

「安斎公平です。すみません休みの日にわざわざ……これから末長くよろしくお願いします」

差し出された手を取り、頭を下げる。すると美女木は少し含みのある声で笑い、握手をしたまま公平の肩を叩《たた》いた。

「ははは！　個人的にはいつまでも居るようなとこじゃないと思うけどね。でも、当面の間はよろしく」

公平もまた彼の言わんとしていることを察し、肩を竦《すく》めながら促されるままに助手席へ乗り込んだ。

〝メゾンAtoZ〟は、バースファクター所持者のソーシャルケアを行うＮＰＯが運営と管理を行なっているシェアハウスだ。ここでは発情の症状が重いオメガやアルファが、安定した性交渉やフェロモン感受の機会を確保するために共同生活を送っている。

つまりここでは、住居だけではなくセックスパートナーも〝シェア〟しているというわけだ。日本での発情対策はバースファクター所持者専用のマッチング施設やコミュニティが中心だが、欧米ではむしろこうした住居施設の利用がメジャーだった。

といってもこのシェアハウスはアルファやオメガなら誰でも入居できるというわけでもなく、逆に入居の条件が飲めて審査にさえ通ればベータでも入居は可能だったりする。

公平が事前に取り寄せたパンフレットには、こんな入居条件が書いてあった。

①入居者は全ての同居人と等しく肉体関係を共有すること。ただし無理強いは厳禁

②避妊を徹底すること。性病拡大防止のため、コンドームの使用は必須《ひっす》とする

③妊娠が分かった際、子の処遇は子を妊娠した親の判断に委《ゆだ》ねられるものとする

④妊娠が分かった際、片親が住人ではないと証明できない場合には出産や中絶、ないし子の養育にかかる費用は全住人で協議の上等しく負担すること

⑤三ヶ月に一度は必ずメディカルチェックを受け、異常が見つかった場合は速やかに全住人へ周知すること
⑥入居条件①〜⑤を遵守する限りは住人同士の恋愛・婚姻についてこれを禁止しない
⑦ただし、恋愛・婚姻関係を結んだ住人同士が他の住人との性交渉を拒む場合には双方とも速やかに退去すること
⑧入居条件①〜⑤の不履行が発覚した場合、管理者より警告とペナルティ（罰金）が課せられる場合がある。これに従わない場合は退去処分とする

なるほどこれは、下心を満たすためだけに飲む条件としてはかなりリスキーだな。と公平は舌を巻いた。価値観は人それぞれなんだろうが、ただセックスがしたいだけの不埒《ふらち》者を弾《はじ》くには十分な条件であるように感じられる。

公平はこのシェアハウスを、自分を大学の助教にスカウトしてくれた恩師からの紹介で知った。近所に家族と住んでいる師曰《しいわ》く「この春からオメガ三人に対してアルファが一人になるらしく、随分困っている」ということだ。恩師は「ノブレスオブリージュ」という安斎家の家訓にして公平の座右の銘を覚えていてくれたようだ。

公平はフェロモンの分泌こそ人より少し多めではあるものの、日常生活に支障をきたすほど頻繁にラットを起こす体質でも、抵抗薬が効きにくい体質でもない。

それに正直なところ気持ちの伴わない相手を、しかも取っ替え引っ替え抱きまくるというのにも抵抗がないわけではない。

しかし、高貴な者には奉仕の義務。である。安斎家のアルファバースたるもの、いかなる時もそのポテンシャルは人や社会の役に立ててしかるべきなのである。人が困っている状況を知ってしまっては、無視などできようはずもない。

条件が飲めるとなれば誓約書と所定の入居希望届を記入し、医療機関の発行するメディカルチェックの結果とともに管理者であるNPO法人へメールか郵便で送付。書類審査が通ると先住者の代表による面接が行われる。

公平の面接を担当してくれたのが美女木だった。当時の公平はまだフランスにいたのでビデオチャットによる面接になったが、ほとんどの場合は対面で行われるらしい。

面接を行う理由は「先住者との性格的な相性を判断するため」だという。性行為という究極のプライバシーを新たに共有する相手になるので、先住者の意思の尊重はあってしかるべきだと公平も思う。

そんな次第で晴れて面接に合格した公平は、二十歳《はたち》の誕生日である今日この日にメゾンAtoZへ入居するに至った。

「晩飯さ、歓迎会兼誕生日パーティーってことですき焼きの予定なんだけど。なんか嫌いなもんとか鍋《なべ》に入れて欲しくないもんとかある？」

美女木は点滅する黄色信号を前に車を停め、ちらりと公平の顔を見た。入居希望届に書いた生年月日を覚えていてくれたんだろう。年度始めの新しい環境では気づかれにくい誕生日なので、きちんと場を設けてくれているというのが嬉《うれ》しい。

「ありがとうございます。すき焼きに入れるようなものであれば、特にダメってものはないんで大丈夫です」

「そっか。じゃあよかった。ちなみにすき焼き以外だと？」

「たらこと、火の通ってない人参ですかね。なんか臭《にお》いっていうか、風味が」

「あー。分かる気がする。バースファクターあるとフェロモンに限らず匂いに敏感になるよな。俺も移植やってからやたら気になるようになって、味覚も結構変わったもん」

そう言って美女木はうんうん頷《うなず》き、信号が青になるとともにまた視線を前方へ戻す。

「へえ……そういうのもあるんですね。なんか、感覚が色々変わるって言うのは聞いたことありますけど」

「あるある。いっぱいあるよ。だいぶ慣れてきたけど、未《いま》だに驚くこともたくさんある」

美女木は苦笑いで肩を竦めながらハンドルを切り、ギアを入れ直してアクセルを強く踏み込んだ。右折した先の細く急な坂道で、エンジンは悲鳴のような音を上げ始める。

彼はそもそもベータとして生まれてきたものの大病を患い、アルファのドナーから骨髄移植を受けたことで造血器官から徐々にアルファ化しているのだと面接の時に聞いた。

移植が功を奏し病は寛解したものの、彼は自分の新しい性をコントロールするのに随分苦労を重ねてきたようだ。メゾンAtoZへの入居はラット対策とアルファとしての生活訓練の一環で、この春でちょうど一年になると言っていた。

「でも、美女木さんってコックさんなんですよね？　味覚変わって、お仕事に影響出ませんでした？」

「ケンでいいよ。――仕事はなあ。影響も出たっちゃ出たけど、どっちかっていうといい影響だったな。鼻が利くようになったからかレシピの微妙な違いにも気づけるようになったし、前より筋量も体力もついた。アルファ化してきついこともいっぱいあるけど、そこは良かったよ」

どこか吹っ切ったような表情でそう言って、美女木は笑う。生まれた時からアルファの公平には、本当の意味では彼の懊悩《おうのう》を理解することはできないんだろう。けれど初めてラットを起こした時の戸惑いや恐怖感を思えば、共感できるような気もする。

やがて車は坂の途中にあるコンクリート造りの白い家の前で停まった。図面の上では二階建てだったが、傾斜を利用した半地下のガレージがある。周りは閑静な住宅街であまり高い建物もないので、ルーフトップバルコニーからは星が綺麗に見えそうだ。

「先に車入れてくるから、玄関の前で待ってて」

「分かりました」

公平はトランクからスーツケースを降ろし、外壁と同じ白いコンクリートのスロープを上がって玄関を目指した。アプローチには監視カメラが二台ある。興味本位からあたりを窺《うかが》っていたら人感センサーのライトが点《つ》き、強い光に思わずぎゅっと目を閉じた。

「ごめんごめんお待たせ。――ああ。これ眩《まぶ》しいんだよなあ」

スロープを上がってきた美女木も公平と同じように目を細め、少し愚痴っぽく言う。

「でも、これだけ光量あったら夜は頼もしいですよ。……やっぱり、このくらいのセキュリティは必要ですか？」

公平が声を潜めて尋ねると、美女木もまた少し気まずそうに「そうだなー」と応《こた》えた。

「オメガ陣がたまに、変なのに後ろついてこられたりするし……あとご近所に対する防犯アピールって意味もあるらしいよ。最近はあんまりないけど、ここができた頃って『オメガが集まって住んでるせいで地域に変質者が増える』ってクレームもあったんだって」

美女木はなんでもないことのように言ったものの、彼らがかつて浴びせられたという理不尽な暴言に公平は眉《まゆ》を顰《ひそ》めた。

「信じられない言いがかりですね。どう考えたって悪いのは変質者だけでしょう。欧米じゃそんなこと言った方がコミュニティから追い出されますよ」

「さすが。向こうは進んでるんだな。――で、だ。鍵《かぎ》はあとで渡すけど、オートロックだから締め出されないように気をつけて。あと、無くすとドアごと交換になるからな」

絶対無くすなよ。と少しだけ強い調子で言いながら、美女木は厳《いか》つい施錠システムにカードキーを差し込んだ。公平はあまり物を無くしたり落としたりするタイプではないけれど、常に身につけていられるようなキーケースを新しく買った方がいいかもしれない。とは思った。

無機質に感じられた外観とは違い、内装の方はいかにもシェアハウスらしい賑《にぎ》やかなインテリアに溢《あふ》れていた。壁紙やフロアシートこそモノトーンで纏《まと》められているが、そここを飾っている南米風の鮮やかなウォールステッカーやランプシェードが目を引く。

玄関ホールの壁は一面ブラックボードになっていて、住人同士の伝言板に使われているようだった。「二十八日〜三十日　福岡出張　お土産《みやげ》のリクエストは早めに！　もも」「仕事立て込んでるんで三月いっぱい弁当休みます。四月一日から再開予定。善」などなど、生活感に溢れた伝言が残されている。

「せっかくだし、なんか書いとく？」

壁の文字を目で追っていたら、美女木にペンを差し出された。あ、じゃあ。とそれを受け取って、公平も「今日からお世話になります。四月二日　安斎公平」と書き残した。

玄関ホールの右手に浴室、左手にトイレがあり、正面ドアの向こうがリビングになっているようだ。美女木はドアの一つ一つを指差しながら、どこに何があるかを簡単に教えてくれた。

「リビングとか水回りとか、よく使う共有スペースは大体一階に集まってる。シャワー室とトイレと洗面所は二階にもあるけど、洗濯機は一階の一台だけだから独占しないようにしてね。洗濯物はあんまり溜《た》めこまない方がいいな」

「分かりました。気をつけます」

「さては、あんま家事しないタイプ？」

「恥ずかしながら……」

自分が使った場所の掃除や、サンドイッチを作る程度の自炊はできる。けれど、そういえば自分の衣食住を率先して取り仕切るのは初めてだ。

アメリカには発情期のなくなった祖父が一緒に来て面倒を見てくれていたし、フランスでは教授の家にホームステイさせてもらっていた。なので公平は、生まれてこのかた手伝い以上の家事をしたことがない。そんなことに今さら気がついて目が泳ぐ。

「……まあ、やってりゃそのうち慣れてくるからさ。分かんないことあったらそのつど誰か近くにいるヤツに聞きな」

そんな公平の様に気づいてか、美女木はどこか励ますように言って公平を奥のリビングに促した。

リビングは吹き抜けになっていて、二階の廊下が回廊状に取り囲んでいる。そのまた奥のダイニングキッチンは、カウンターが広くて使いやすそうだ。

「今日みたいにパーティーしようぜ！　って時はリビング使うことが多いけど、普段はみんなダイニングとかカウンターで飯食ってることの方が多いかな。テレビあるし」

リビングにはソファセットとローテーブル、ダイニングには六人がけのテーブルセットがあった。キッチンカウンターの手前には背の高い木製のスツールがあり、ちょっとしたカフェみたいな雰囲気だ。

「ちなみに食事の時間って決まってるんですか？　キッチンの使用時間とか」

「まさか。みんな勝手に自分で用意して食ってるよ。生活時間帯も違うし……だから時間に関してはまあ、深夜と早朝は静かに使えってぐらいかなあ。部屋の防音は結構しっかりしてるけど、一階の部屋はやっぱり結構気になるみたいだから」

と言って美女木は、リビングに面した個室のドアを指差した。キッチンの真裏にあたる部屋は現在、唯一の女性住人が使っているという。

公平に割り当てられたのは二階南側の一室で、二面採光の明るい部屋だった。大きな窓の向こうには、暮れなずむ街が綺麗に見える。

ありがたいことに家具付きなので、荷運びは宅配便で済ませた。送ったのはほとんどが研究資料の本や模型とコンピュータで、あとは着替えなどの日用品と趣味のバスケグッズくらいの物だ。国を跨《また》いでの引っ越しも三回めとなると、荷物もだいぶブラッシュアップされてきた。

ひと通りの荷解きを終え鹿児島土産を持って部屋を出たところで、リビングから階段を上がってきた先住者と鉢合わせた。仕事から帰ってきたところなんだろうか。スーツ姿のきりっとした美青年だ。

「――あ。新しく入ってきた……安斎くん」

公平の姿を認めるなり、彼はぱっと目を瞠《みは》って微笑みながら発した。きりっとした印象から一転、あどけない笑顔に公平もつられて笑う。小柄ではあるが、随分引き締まった体つきだ。何かスポーツでもやっているのかもしれない。

「初めまして。安斎公平です。今日からお世話になります」

「湯本和馬《ゆもとかずま》です。よろしく」

湯本は手にしていたブリーフケースを持ち替え、公平の差し出した手を取った。

「しっかし助かったよ。ケンさん一人でこの先どうなることかと思ったもん。外で済ませてきてもいいんだろうけど、やっぱ何かとリスキーだしねえ。感染症とかさあ」

そう言って湯本は握手した手をぶんぶんと縦に振り、喜色満面で言い募った。あけすけな言い方に少し面食らいはしたけれど、率直な人なんだろうと思えば親しみも湧《わ》く。

「それは大変でしたね……あ、これ。お土産のかるかんと宇宙食なんですけど、嫌いじゃなかったらぜひ」

「かるかんと……宇宙食？　なんで？」

公平が小分けにした手土産の袋を渡すと、彼は中を覗《のぞ》き込んでしきりに首を捻《ひね》った。

「俺、大学院でずっと人工衛星とか宇宙船関係の研究してて。ここ来る直前、種子島《たねがしま》の宇宙センターに行ってたんです」

「ああ。なるほど。……ありがとう。いただきます。安斎くんの向かいの部屋の人が星とか宇宙とか好きだから、気が合うかもね」

そう言って湯本は、吹き抜けを挟んだ向かいのドアを指してから「じゃあまた、飯の時に」と公平の隣の部屋へ引っ込んでいく。

星とか宇宙とか好きな人。どんな人だろう。とその人となりに思いを馳《は》せ、公平は期待を膨らませた。他人の判断とはいえ面接を経ている以上、致命的にそりが合わないということはないはずだ。できれば、親密になれたらいいなと思う。

公平が航空宇宙工学の道に進んだきっかけは、小学四年の夏休みに種子島でオメガの少年と一緒に人工衛星の打ち上げを見たことにある。

種子島には祖父の生家があって、子どもの頃から宇宙センターにはよく連れていってもらった。そんな公平が宇宙飛行士ではなく宇宙船の開発者を目指したのは、十年前のその日「オメガは宇宙に行けないんだ」と涙を流した彼がいたからだ。

宇宙飛行士の選抜試験からオメガの受験制限がなくなったのは、つい五年前のこと。当時のオメガはまだ、試験を受けることすらできなかった。

十歳の公平はそのことに大きなショックを受けるとともに、彼の涙へ誓ったのである。どんな人でも望めば気軽に宇宙旅行へ行ける、そんな宇宙船を作ってみせる。と。それは公平の、淡く幼い初恋の記憶だ。アルファとしての自覚が芽生えた瞬間の思い出と言ってもいい。彼を悲しみの全てから遠ざけてやりたいと思ったし、その涙を拭《ぬぐ》った時のすべらかな肌の感触は、今でもふとした瞬間に指先へ蘇《よみがえ》ることがある。

彼とはあの日たまたま少しそんな話をしただけで、今となっては顔も朧《おぼろ》げだ。名前すら聞かなかった。学生服を着ていたような覚えがあるので、きっと学校のサマーキャンプか何かで来ていたんだろう。

彼が公平より三つか四つ年上だとすれば、日本で普通に進学していれば大学院生か新社会人だ。もしかしたら今頃、宇宙飛行士を目指して猛勉強しているかもしれない。

とはいえこの世に「星とか宇宙とか好き」な人なんて、割に大勢いるわけで。向かいの部屋の人はもしかしてあの時の……なんてことは、さすがに期待していない。けれど同好の士であることには変わらないので、仲良くできたらいいなとは思う。

そんなことを考えて、浮き足立ちながらリビングへ下りた。寸前まで台所に立っていたんだろう。エプロン姿の美女木が公平の顔を見るなりぱっと目を瞠った。

「ああ、ちょうどよかった。さっき大事なこと教えるの忘れたから、部屋行こうと思ってたんだ。ちょっと来てもらっていいかな」

「大事なこと？　なんでしょう」

公平も土産物の袋を一旦ローテーブルへ置き、彼の後に続いてリビングを出る。

「ここんちのアメニティっつーかなんつーかその……ベッド周りの必需品についてなんだけどね」

「ベッド周り……あー、はいはい。了解です。大事です！」

歯切れの悪い言葉ではあったものの察しはついて。公平は深く頷きながら応えた。

「それぞれ自分がいつも使ってるのが部屋にあるだろうけど、一応ここと二階のシャワー室にひと通りのストックがあるから。もし足りなくなったら持ってって」

と言いながら、美女木は洗面台下の引き出しを開けて見せる。

「分かりまし――すごい量！」

中には夥《おびただ》しい数のコンドームがメーカー別サイズ別に整然と並んでいた。潤滑剤もチューブタイプにクリームにと、種類豊富に揃《そろ》っている。なかなかに壮観である。

「こっちのラップみたいなのはなんですか？　初めて見た」

輸入品らしい透明フィルムロールのパッケージには英語で「ヘルスケアフィルム」と商品名が書いてあるだけで、写真やイラストなどのプリントがない。

「あれ。知らない？　オメガが首筋の保護するフィルム。肌に同化して、専用の剥離《はくり》剤使わないと取れないようになってるんだって」

「あー……なるほど。今ってこういうのもあるんですね」

公平は手を打って頷き、ラップによく似たそのフィルムロールを手に取った。裏返してみると、なるほど底面には使い方が書いてある。

バースファクターの発生は一般的に「進化の一過程」と理解されているが、その働きの大部分は未だ謎《なぞ》に包まれている。その最たるものの一つが《ペアリング》という現象だ。

人によって程度の差はあるものの、ラットに陥っているアルファには「性交相手の首筋に噛《か》みつく」という習性がある。そして噛まれたのがオメガであった場合、フェロモンが自分に噛みついた相手以外との性交を阻害する成分に変化するのだ。

これによりオメガは生殖におけるパートナーを限定されることから、この現象は医学的には《ペアリング》と呼ばれている。日本では昔から「番《つがい》を結ぶ」とか「対《つい》になる」という言葉が使われているようで、会話の中でもこちらの言葉の出番が多い。

ペアリングしたオメガのフェロモンは相手のアルファ以外には感受できなくなり、発情期の諸症状もかなり軽くなるようだ。しかしアルファ側は番の相手を乗り換えることができる上に、ペアリングを解消されたオメガはフェロモンが元の状態に戻る過程において高確率で免疫不全を起こし、最悪の場合死に至るという。

現代医療をもってしても、不測の事態に対応した安全なペアリング解消技術は確立されていない。そのため、多くのオメガは護身のため日常的に首筋を保護しているのだ。

「えーと――必要な分だけ切り取って頸部《けいぶ》を覆い、定着剤を吹きつけて十秒でプロテクト完了……早い！　塗るタイプのやつって確か、乾燥に五分近くかかりますよね」

公平にオメガのガールフレンドがいたのはもう二年以上前のことになるが、彼女が使っていたのは瞬間接着剤のようなゲル状の物だった。チョコレート色の綺麗な首筋にそのゲルを塗ってあげて、乾くまでの五分がひどくもどかしかったのをよく覚えている。

「確かに十秒は早いけど、ゲルタイプでも最近のは五分もかかんないだろ。……もしかして結構ご無沙汰《ぶさた》？　ほかにも、なんか分かんないことある？」

どうやら口を滑らせたようだ。美女木は気遣い半分からかい半分といった風情で先輩風を吹かせてくる。恥ずかしいやら悔しいやらで、ついつい眉間《みけん》に力が入る。

「……研究と博論で忙しかったんですよ。第一、こういうところにでも居なきゃ身内以外のオメガやアルファになんかそうそう会わないでしょ」

「ははは！　ごめんごめん、そうだよな。っていうか、俺なんか身内にもいねーわ」

美女木が笑いながら言った声に混じり、玄関から「ただいまー」と別の男性の声が聞こえてきた。と同時に駅で嗅ぎ取ったのと同じ甘い香りが鼻先を掠め、思わず息を飲む。

「おかえりー。おっ、髪染めてきたんだ。いいじゃん春っぽくて」

公平が動揺のまま硬直している横で、美女木はドアから顔を出して声を弾ませた。長く同居しているとフェロモンにも慣れるんだろう。彼は涼しい顔をしている。

しかし公平にはやはり刺激が強く、飲み込んだ息を止めたままジーンズのポケットを弄《まさぐ》った。抵抗薬の錠剤の残りをそこへ突っ込んだような気がしたのだ。

「そう？　じゃあよかった。ちょっと派手かなーと思ったんだけど」

「いやいや、今さらでしょ。年明けのオーロラみたいな頭に比べたら全然だわ」

そうしている間にも、彼はどんどん自分たちのいる脱衣洗面所へ近づいてくるのが廊下に反響する声とフェロモンの強さで分かる。

公平は「オーロラみたいな頭も気になるし、今の『春っぽくて』『ちょっと派手』らしい髪色もめちゃくちゃ見たい!!」と思いながら、ポケットの底から引きずり出したシートから錠剤を掌《てのひら》に出し、蛇口を捻る。

「びっくりした！　何やってんの!?」

「すみません。ちょっと、喉《のど》が渇いて……」

吹き出した水を掌で掬《すく》って口へ運んだので、美女木には変な目で見られたし服をしたたか濡《ぬ》らしてしまった。が、そんなのは些細《ささい》なことだ。錠剤は即効性のあるものではないけれど、心積もりがあるのとないのとでは心理的な負担が違う。

「お、なに？　そこにいんの？　新しいアルファの人」

背後で明るい声がして、思わず顔を上げた。鏡越しに目が合って、公平はくらくらするような甘い香りに包まれながらもう一度息を飲む。

第一印象は「綺麗な人だな」だった。グレージュの髪に走るライムグリーンのメッシュはなるほど春らしく、彼の華奢な輪郭や華と色気のある顔立ちをよく引き立てている。

第二印象は「ピアス多いな！」だった。左耳に四つと右耳に三つ、大小様々のピアスが光っている。着ている服こそおとなしめのフレンチカジュアルではあるけれど、髪色といいピアスといい本体はなかなかロックだ。

「初めまして。安斎公平です。よろしくお願いします」

あんまり見惚《みと》れてばかりいるのも――しかも、鏡越しに――失礼な気がして、公平は慌てて振り返った。

「初めまして。善行学《ぜんぎょうまなぶ》です。こっちこそ何かと面倒かけるだろうけど、よろしくね」

善行はそんな公平の顔を見上げてにこりと微笑み、公平の脇《わき》へ体を捻《ね》じ込んで手を洗い始めた。ぼーっと突っ立っていて邪魔をしていたのは悪かったけれど、言ってくれればすぐ退《ど》いたのに。という思いもなくはない。

「……ちょっとマイペースなとこあるけど、悪い人ではないんだ。善くんはここで一番の古株だから、分かんないことがあったらなんでも聞くといいよ」

そんな公平の思いを察してか、美女木は苦笑を浮かべながら言った。もしかすると善行学という人は、人のことを振り回しがちなタイプなのかもしれない。公平の体感でしかないものの、そういう小悪魔的な人がオメガには多い気がする。

「古株って、善行さんはここに住んでどのくらいになるんですか？」

公平のそんな質問に、善行はハンドソープを泡立てながら「そうだなー」としばし宙に視線を放ってから応えた。

「十七の時からいるから……あ。今年でもう十年めか」

「十七歳から十年⁉」

思わず大きな声を出した公平に対して彼は、今度は訝《いぶか》しげに眉を寄せてみせる。

「え？　うん。おかしい？」

彼はいかにも「文句あるか」といったような風情でいるが、文句はないにしてもカルチャーショックは隠せない。

「いや、だって、ここにいて……その、パートナーの方とかって――」

「ああ。いないいない。ずーっといない。ここ何年も付き合いたいと思うような相手がいたこともないし、俺はもうそういうのはいいかなって」

「そっ……そうですか……それはそれは……」

足元がふらついたのは、決してフェロモンのせいばかりではない。

公平にしてみれば十年も恋をしていないというのも、簡単に「もうそういうのはいいかなって」と言える感覚も、人様の家庭方針に物言いをつけるのもどうかと思うが――未成年のうちからこんな環境に身を置くというのも、全くもって理解できなかったからだ。

公平だってここ二年ほどは研究に没頭していて恋愛とは無縁だし、だからこそ「誰のものでもないうちは自分の性を役立ててもらえれば」と思ってこの〝メゾンAtoZ〟に入居を申し込みはした。

けれどももし恋人ができたらセックスはその人とだけしたいことだし、恋人が欲しくない瞬間など公平には一瞬たりともないのである。

それにもし公平があと一歳でも年齢が低かったら、家族は誰もここへ入居することに賛成しなかっただろう。ギリギリではあったけれど「公平ももう二十歳になるんだし」ということで賛成を得られた側面は大きい。

「ひどいなあ。そこまで引くことなくない？　そりゃ、ハタから見たら寂しいヤツかもしんないけどさあ」

善行は口を尖《とが》らせて不服を漏らし、手を拭《ふ》きながら再び公平を見上げた。どことなく甘えられているような、何かを「おねだり」されているようなその口元がやけに色っぽい。

「別に……そんなつもりじゃ」

性格には少しクセがありそうだけれど、彼のそんな顔については素直に「可愛《かわい》いなあ」と思った。思ってからすぐ「いやいや、年上の男の人に『可愛い』は失礼だろ！」と反省したものの、反省虚《むな》しく胸の内はすぐ「可愛い」でいっぱいになり、思考回路はそのまま一気に「可愛い」から「抱きたい」まで急浮上する。

げに恐ろしきかなオメガ性フェロモン！　と公平は慄《おのの》きながら、極力嗅覚《きゅうかく》を使わないように口で大きく息を吸った。まともに匂いを嗅いでしまったら正気を保っていられる自信がない。というか、既に相当彼に参ってしまっている気がする。

しかし恋人がいないということは、ある意味チャンスだ。これから自分がその椅子《いす》に座らせてもらえばいい。

番を結べば彼だって楽になるんだし、きっと自分を必要としてくれるはずだ。「もうそういうのはいいかな」なんて、強がりに決まっている。

ここで会ったが百年目……ではないけれど、もしかしなくても彼とはきっとここで出会う運命で――。

「オメガにも、恋愛や結婚より仕事や趣味に生きたい奴だっているんだよ。覚えときな」

公平は、彼のそんな言葉で我に返った。

「いやあの、ほんとにそんなつもりじゃ！」

と脱衣洗面所を後にする彼を追おうとしてから、はっと自問自答した。

そんなつもりじゃなくて、それじゃあ一体どんなつもりでいた？

どんなつもりも何も、また自分に都合のいいことしか考えていなかった。禍々《まがまが》しいほどの自己正当化。認知の歪《ゆが》み。本当に恐ろしいのは彼のオメガ性フェロモンではなく、こんなふうに事実を歪めて認識させてしまう自分のフェロモン受容体の方だ。

「……ま、そのうち慣れるよ」

美女木は同情を滲《にじ》ませてそう発し、茫然自失《ぼうぜんじしつ》でいる公平の肩を叩いた。

「善くんのフェロモンは並みじゃないからね」

「やっぱり俺……今、おかしかったですか？」

「うん。かなり。ちなみにあれで、発情期とかじゃないからね」

頭を抱えた公平の耳を、善行の「うわーっ！　何これすげえ‼」というはしゃいだ声が劈《つんざ》いた。それからすぐに、彼はまたどたどたと脱衣洗面所に戻ってくる。

「ケンさん！　これもらっていいやつ⁉」

公平がリビングのローテーブルへ置いたのを見つけたのだろう。善行は宇宙食のホワイトチョコを握った手を美女木の顔の前へ突き出す。湯本が言っていた「星とか宇宙とか好き」な人というのは彼のことだったのだ。

やっぱり運命を感じる。けれど公平がそう感じてしまうのも、彼の強すぎるフェロモンの成せる業なのかもしれない。

「落ち着け二十七歳児！　なんだこれ。宇宙食？」

「……種子島のお土産です。お二人とも、よかったらどうぞ」

公平がそう答えると、善行は世界中の花という花がつられて満開になりそうなほどの笑みで「ありがとう！」と発した。

その笑顔があんまり眩しかったせいなんだろう。「抱きたい！」とはるか上空へ舞い上がっていた公平の思考回路は、激しい動悸《どうき》とともに「好きだ」に不時着した。

＊　＊　＊

少し近所を探索してきます。と断って、十分も歩くと気分がだいぶ落ち着いた。抵抗薬が効いてきたようだ。

家を出て坂を登り切ると大きな公園があった。鹿児島ではもう散っていた桜がまだ満開の花を咲かせていて、その並木道の下を犬の散歩やランニングをする人たちがちらほら行き交っている。

少し奥まで行くとバスケのゴールポールがあり、高校生と思《おぼ》しき男子学生が何人か制服のままボールと戯れていた。声をかけて混ぜてもらおうかと一瞬考えたものの、なんとなく億劫《おっくう》で素通りする。

間を空けずに服用したせいか、少し薬が効きすぎているように感じた。退屈なほど心が凪《な》いで、まるでこの世の全てを知り尽くした賢者にでもなったみたいな気分だ。

そうなってみると、やっぱり彼――善行学に対して抱いた感情の高揚は、ひとえにバースファクターの働きによるものだったとしか考えられない。

確かに彼はアイドルみたいな美貌《びぼう》の持ち主ではあったけれど、公平にとっては別にそこまで好みにどストライク！　というほどではないのだ。どちらかといえば、公平はもっと理知的で落ち着いた雰囲気の人がタイプだ。

「――ほんっとよかったよなあ。変なこと口走らなくて」

自販機で買った温かいコーヒーをベンチで呷《あお》ると、ほっとしてそんな独り言が口を衝《つ》いて出た。オメガの人に対して出会い頭に「好きです」なんて言ったら、一発でセクハラ野郎に大決定だ。アルファのそれは「恋」ではなく、単なる「欲情」に過ぎないのだから。

公平は、自分の一目惚《ひとめぼ》れを信用していない。もしかしたらベータの人に対してならそういうこともあるかな？　とは思うものの、ことオメガに限って言えばそれは九割九分九厘フェロモンの作用による欲情だと断言できる。

体から性を引き剝《は》がせない以上、フェロモンの相性も大事だとは思う。しかしそうは言っても、アルファだって普通の〝恋〟がしたい。ささやかな願いではあるが、成就には人一倍の努力が必要だ。ちょっと理不尽じゃないか？　と思うこともある。

けれど、感情を生殖器官に乗っ取られてしまうのは悲しいことだ。そのため公平は、慎重に相手や自分の心や体と向き合うことをずっと心がけてきた。

そういう意味で言えば「彼のことをもっとよく知って、その上で好きになれたら素敵だな」と感じる心は一応、彼に対する純粋な好意であると言えそうだ。

生憎《あいにく》それは恋心というよりはまだ興味に近い好意だけれど、彼とは未来の宇宙旅行の話をしたり、一緒に天体観測なんかできたら楽しいだろうなと思う。そして「心から好きになった人とそんな時間を共にできたら、こんなに幸せなことはない」とも。

そんな夢見がちなことを考えていたら、ポケットで携帯が震えた。メゾンAtoZのグループチャットに、美女木から「飯にするから帰っておいで」とメッセージが入っている。ジョギングをしているという湯本と公園の出口で合流し、二人で帰路についた。学生時代はずっと陸上部だったという彼は、今でも早朝と晩に公園のランニングコースを走るのが日課なのだという。

道にはあまり自信がなかったのでありがたい。何せ、ここまで歩いてくる間は善行のことで頭がいっぱいだったのだ。

「安斎くん、ほかの入居者にはもう会った？」

湯本は額や首回りの汗をしきりに拭いながら公平に尋ねた。相性なのか薬が効いているからなのか、彼からはあまりフェロモンを感じない。

「ああ、はい。女性の方以外にはお会いしました」

「そっか。じゃあ、善さん大喜びだったでしょ。宇宙食」

そう言って湯本は愉快そうに口角を上げてみせた。彼は公平より二歳年上の新卒だと聞いているが、そのあどけない笑みはむしろ二歳くらい年下のように見える。

「そうですね。ケンさんに『落ち着け二十七歳児！』って言われてました」

「やっぱり！　とてもじゃないけどアラサー男子とは思えないんだよなあ。あの人」

そう言って笑う湯本につられて、公平も声を出して笑った。あどけない顔つきの彼から発せられた言葉が、そのまま自分に返ってきているところが可笑《おか》しかったからだ。

「ところで、あとの一人……女性の入居者さんってどんな方なんですか？」

今度は公平が湯本に尋ねる。湯本は「そうだなあ……」と少し考えてから、選んだ言葉に一度頷いて発した。

「女傑！　って感じ？　見た目は女子アナ系だけど、会社じゃおっさんたちに混じってバリバリ管理職やってる。そんで、めちゃくちゃ酒豪で性豪。結婚してんだけどね」

「既婚者なんですか⁉」

にわかに信じられず、声が裏返った。何か事情があるんだろうとは思うが、一体どんな事情ならそういうことになるというのか。全く想像がつかない。

「な。すごいよなあ。俺もそれ聞いた時、今の安斎くんと同じ顔に――お、噂《うわさ》をすれば」

家の前では玄関ライトにタクシーが煌々《こうこう》と照らされていて、ちょうど女性が降りてくるところだった。彼女もこちらに気づいたようで、タクシーを見送るとこちらに向かって片手を軽く上げてみせる。

「百恵《ももえ》さんおかえりー。新入りくん来てるよー」

「ただいまあ。……へー、随分若い子だったんだ。いくつ？　学生さんだっけ？」

上品なクリームイエローのパンツスーツに身を包んだ巻き髪の彼女は、なるほど確かに女子アナっぽい。顔立ちはふんわりした和風の癒《いや》し系だけれど、体型がグラマラスなので迫力がある。世に流布している「オメガ女性」のイメージそのものといった感じだ。

「いいえ。二十歳ですけど、この春から社会人です。そこの理科大で助教やらせてもらうことになってます」

「うっそ。まさかの教員側？　ってことは博士号取ったの？　その歳《とし》で」

と声を高くした彼女の横で、湯本もまた「学生だと思ってた」と目を丸くしている。

「えっと一応、アメリカとフランスの大学院で……あの、申し遅れました。安斎公平っていいます。お世話になります」

「あー、飛び級ってやつだ。アルファ男子って感じー。ご実家、相当裕福でしょ」

彼女は少し揶揄《やゆ》するような口ぶりで言いながら、肩から提げた大きな革の鞄《かばん》から名刺入れを取り出した。

「楠田《くすだ》でーす。出張多いからあんまり会わないかもだけど、有事の際はよろしくね」

受け取った名刺は公平もよく知る広告代理店の物で、彼女の名前には〝プロモーションデザイン局 海外事業マネジメント一課 課長補佐〟という出張も残業も多そうな肩書きが付いている。

家に入るなり、湯本と楠田は声を揃えて「ただいまー」とリビングへ声を放った。するとリビングからは、間髪を容《い》れず善行の「おかえりー」が返ってくる。

公平はこれにも少々面食らった。フランスで何軒かここと同じようなシェアハウスを見学させてもらったが、みんな割に個人主義的で「ただいま」「おかえり」を言い合うような習慣は全くなかったのだ。

「なんか結構、和気藹々《わきあいあい》としているというか……みなさん仲が良いんですね」

それに対して「そうかもねえ」と返したのは楠田だった。

「三十超えたいい大人としちゃ、若者たちのノリが面倒臭いこともあるんだけど。でもコミュニケーションは大事でしょ。私もそうだけど、みんな得体の知れない奴とはヤりたくないからここに住んでるわけだし」

なるほどな。と一瞬納得しかけたが、そういえば彼女は既婚者だ。左手の薬指にはしっかりとダイヤの指輪が光っている。彼女はどうしてパートナーとだけ抱き合っているわけにはいかないのか――この件についてはあとで詳しく聞いてみる必要がありそうだ。

「若者たちのノリっていうか、単なる習慣じゃない？」

と言って、湯本は靴紐《くつひも》を解きながら首を傾《かし》げている。

「逆に無言で家に入るのってなんか気持ち悪いんだけど……それとも、海外暮らし長いとこういうのも〝馴《な》れ馴れしい〟みたいに感じたりすんの？」

「ああいや、そういうわけじゃ――」

そんな話をしながら通りかかったリビングでは、黒い無地のエプロンを着けた善行が小鉢と箸《はし》を配膳《はいぜん》しているところだった。彼は公平たちを見上げ、また少しだけ口を尖らせてみせる。

「おかえり。遅かったじゃん」

「好きです」

「えっ？　何が？」

善行の可愛すぎる「おかえり」に、身構える隙《すき》もなく飛び出してしまった言葉だった。きょとんとした彼の顔と両脇の二人からの視線に、全身から冷や汗が吹き出す。

「いやっ、あのっ……たっ、ただいまーとか、おかえりーとか、挨拶《あいさつ》をちゃんとするのっていいなあ、好きだなあ！　って、そういう話をしていて！　ねえ！」

苦し紛れに湯本を見た。彼は口元を覆って笑いを堪《こら》えながら「そうそう」と言って足早に階段を上がっていく。楠田はいつの間にかさっさと自室に引っ込んでいて、出てきたかと思えば着替えを抱え「お風呂《ふろ》、先もらうよー」と浴室へ消えていった。

間違いなく変に思われた。他の二人はともかくとしても、善行が訝しげに自分を見ていることに焦る。不愉快な思いをさせてしまったのかもしれない。

「……そうだったんだ。まあ確かに、しないよりはした方がいいよな。挨拶は」

善行は首を傾げながらもそう言って立ち上がり、空のトレーを持って踵《きびす》を返した。苦しい弁解だったが、ひとまずは納得してもらえたようで胸を撫で下ろす。

「あの……何かお手伝いできることってありますか？」

善行にくっついて公平もキッチンを覗いた。彼は調理台の前に立ち、計量カップで醤油《しょうゆ》を計っている。割り下を作るところなんだろう。その手際からして料理はし慣れているようだ。軽薄な装いに反して家庭的なところに、痛いくらいキュンときた。

恋とは違うものによる胸の痛みだと分かってはいるものの、変に気持ちを抑えると墓穴を掘りそうで怖い。いっそ内心は自由だと開き直って、一旦少し自分の「好きだ」を認めてガス抜きをした方がいいのかもしれない。

「じゃあ手ェ洗ったら、そこに出てるバットあっち持ってってもらっていい？」

と彼が目線で示したキッチンカウンターには、下拵《したごしら》えの済んだ食材の載ったバットが並んでいた。椎茸《しいたけ》の傘にはきちんと紅葉《もみじ》の飾り切りが入っていて、人参も梅の形に抜かれている。

「分かりました。――綺麗な飾り切りですね。これ、善行さんが？」

公平はキッチンのシンクで手を洗わせてもらいながら、半ば「そうであれ！」と念じながら尋ねた。もしそうだとすれば美味《おい》しさもひとしおだ。完全なる下心からの願望ではあるけれど、そうと口に出さなければ問題ないだろう。

「まさか。ケンさんだよ。俺はそこまで器用でも几帳面《きちょうめん》でもない」

「そうですか……」

　自分の声があからさまに落胆を含んでいてまた焦る。このやり取りで落胆するというのは美女木に失礼だし、落胆の理由は善行に失礼だ。つまり、どうあっても安斎公平は「無礼なセクハラ野郎」の誹《そし》りは免れないわけで。

「そういえば、そのケンさんはどこ行っちゃったんですか？　ケンさんに『飯にするから』って連絡もらって帰ってきたんですけど」

　バットを持ってそそくさとリビングに退避し、すかさず畳みかけた。やはり「下心ありきの言動は控えるべきだった」と猛省することしきりではあるがそれはそれとして、できればその下心には触れられたくない。

「ああ。予約したケーキ取りに行ってくれてる」

　甘い匂いの湯気を上げている割り下を手に、善行もまたリビングにやってくる。七分袖のカットソーから覗く白い手首が妙に艶《なまめ》かしい。一瞬見惚れて唾《つば》を飲んだものの、寸前までにやらかした数々の愚行を省み慌てて目を逸《そ》らした。

「俺が軽い気持ちでチョコレートケーキがいいなーって言ったら、すっげー人気のショコラティエに予約してくれてさ。近所なんだけどやっぱ予約も混んでたみたいで、受け取り時間がギリギリになっちゃったっぽいんだよね。かえって申し訳なかったよ」

「そうでしたか……なんか恐縮です。こんなに温かく歓迎してもらった上に、誕生日までお祝いしてもらって」

と公平が応えると、善行はまた「えっ？」と声を上げて公平の顔を見上げた。

「安斎くんも今日、誕生日？」

「もしかして、善行さんも……？」

ぴんと来て聞き返すと、彼は目を丸くしたまましきりに頷いてみせた。

「まじか！　四月生まれって結構いるけど、二日生まれの人って俺初めて会ったわ！」

「俺もです俺もです！　子どもの時とか、誕生日が春休み中とか新学期早々で友達にスルーされがちなの、めちゃくちゃ嫌じゃありませんでした⁉」

「そう！　それ‼　嫌だったなあ。クラス替えとかあると余計にな！」

そう言って声を弾ませ、善行は愉快そうに何度も公平の肩を叩いた。みんなで自分の誕生日を祝ってくれるのだと思い込んでいたのはかなり恥ずかしいけれど、心拍数が上がったのは恥ずかしさのためばかりではない。オメガの彼とアルファの自分が、まさかの同じ誕生日。「これはやっぱり運命では？」と思えてならないのだ。

けれど同じ誕生日の人なんて、身の回りにはいないにしても世の中にはそこそこざらにいる。カロリング朝フランク王国のカール大帝も室町幕府十二代将軍の足利義晴《あしかがよしはる》も、稀代《きだい》の放蕩《ほうとう》家として知られるジャコモ・カサノヴァだって同じ四月二日生まれだ。

公平は「運命じゃん……」とにやけそうになるのを、頬《ほお》の内側を噛んで耐えた。自分の気持ちとフェロモンを引き離して考えたいというのもあるけれど、どちらかと言うと彼に気持ち悪がられたくないという思いの方が強い。

「でもどうしよう。一応ホールケーキみたいだけど、チョコプレートもローソクもたぶん俺のしかないよ……今からケンさんに言って間に合うかなあ」

善行はひとしきり「四月二日生まれあるある」でゲラゲラ笑ったあと、今度は心底参ったような顔でそう言ってエプロンのポケットから携帯を取り出した。

「ああいや、いいですいいです！　俺はそんな、ローソクとかにはこだわりないし！」

「そういうわけには行かないって。新学期、学校でスルーされて寂しかったろ？」

些細なことに共感を寄せてもらった嬉しさで、結局堪えきれずににやけてしまう。善行が自分の携帯の画面を凝視したままなのが唯一の救いだった。

幸い美女木にはすぐ連絡がつき、スーパーで公平の分のチョコプレートとローソクを買ってきてもらうことができた。彼が帰ってきたのと同じ頃に湯本と楠田もそれぞれ一階と二階の浴室から出てきて、住人がリビングに揃う。

「ごめんなー、もらった書類ちゃんと見直しとけばよかったよ」

美女木は公平を上座に座らせ、角を挟んだ斜向かいに自分も腰を下ろした。

「いえいえ、それは全然。むしろ、たまたま善行さんと同じ誕生日でラッキーでした」

そんな話をしている間に、ほかの三人も思い思いの場所へ腰を下ろす。どうやらなんとなくそれぞれに座る場所が決まっているようだけれど、善行が美女木の向かい——つまり自分のすぐそばに——座ってくれたので、公平は思わずテーブルの下で小さくガッツポーズをした。

「それじゃ、乾杯の前に主賓の安斎くんから一言！」

拍手で挨拶を促され、公平はその場に起立した。湯本が「やっぱデケェ」と笑い、善行がそれを「和馬うるさい」と窘《たしな》める。背の高さを揶揄されたことより「善行さん、俺のことも公平って呼んでくれないかな……」なんてことばかりが頭の中を満たしていく。

「改めまして、アルファの安斎公平です。大学で航空宇宙工学の研究したり、民間企業で有人宇宙機とか人工衛星の開発手伝ったりしてます。善行さんと誕生日が一緒で、今日で二十歳になりました。よろしくお願いします！」

再びの拍手とともに腰を下ろすと、待ちきれないといった様子の楠田がすかさず「かんぱーい！」とワイングラスを差し出してきた。

彼女の手にあるのは赤ワインで、善行の手元にあるのは日本酒のお猪口《ちょこ》。美女木は缶ビールをそのまま持っていて、湯本のグラスに注がれているのは恐らく炭酸水。公平は善行に「冷蔵庫のドアポケットにあるやつ、好きなの飲みな」と言われたので作り置きらしい麦茶を選んだ。見事に全員、てんでバラバラだ。

ARMY

「――なに。なんか変?」

そんな様に思わず笑った公平の顔を、すっぴんにメガネの楠田が覗き込んだ。彼女は女子アナ風スーツと巻き髪から一転、ターバンで髪を上げメキシコストライプの部屋着で食卓に着いている。玄関ホールのウォールステッカーやランプシェードは、どうやら彼女の趣味のようだ。

「いいえ。なんか、みんな飲み物バラバラなんだなと思って」

「いいでしょそれは別に。好きなもん飲めば」

「よく見たらお酒のボトルとか缶、すげーでっかく名前書いてるし」

「安斎くんそれはさあ、シェアハウス生活の基本のキだよ」

お猪口に一杯の日本酒で既に顔を赤くしている善行が、上機嫌に口を挟む。

「共用冷蔵庫使う時は、絶対見落とさない大きさで名前書かなきゃ」

「なるほど……あ。全然俺のことは、公平って呼んでくれていいですからね!」

ここぞとばかりにアピールし、彼のお猪口にお酌する。今のはきちんと全員に向けて言った体を保てていたと思うが、どうだろうか。

「共同生活のルールってのもあるけど、俺と善さんと百恵さんが発情期来ると結構食べられるもの限られるんだよね。アレの時ってただでさえ気分悪いのに、人のもん勝手に食った食わない名前書いた書かないで喧嘩《けんか》すんのもアホらしいじゃん」

　と言いつつ、湯本は美女木にすき焼きをよそってもらった小鉢を受け取るなりしらたきを鍋に戻している。そして公平が「ああ、彼はまさに今そういうタイミングなのか」と納得しかけた矢先、美女木に「お前のそれは単なる好き嫌いだろ」と突っ込まれていた。

「――そうだ、公平。もし言いたくなかったらいいんだけど」

　すき焼きの鍋からあらかたの具材が各位の胃袋へ移動した頃。善行はぬる燗《かん》に口をつけながらながら発した。

「どうしてここに入ろうと思った？　差し支えなければ訊《き》きたいんだけど」

　名前で呼んでくれた上にそんな上目遣いで可愛く訊かれたら、口座の暗証番号だって教えちゃうだろ！　と思いつつも、公平はなんとか平静を装い口を開く。

「実は大学時代の恩師が近所に住んでるんですけど、その人からここでアルファが足りなくなりそうって聞いたんです。ちょうど職場も近いし今は恋人もいないから、役に立てればいいなと思って」

「へー。じゃあ、特に受容体が過敏すぎるとか薬が効きにくいとかではなく？」

「そうですね。ちょっと過敏なとこはありますけど、幸い薬が合っているのでなんとか」

　そんな公平の答えを聞くと、善行は何か興味深いものでも見たように「ふうん」と言ってしきりに頷いてみせた。どういう感想からのリアクションなのか今ひとつ分からないので不安だ。

「なんか、いかにもアルファって感じだなあ。人助けのためにわざわざこんなとこ住むなんて、なかなかできることじゃないよ」

感心してもらっているような気はするし、慇懃《いんぎん》無礼《ぶれい》な感じもしない。けれど、どうしてか善行の言葉を「ありがとうございます」と素直に受け取ることができなかった。

「そう……ですかね。むしろ俺は、あんまりアルファっぽくないって言われることの方が多いですけど」

こういうことが、公平の日常にはたびたびある。自分の何がおかしかったのかは分からないのに、気を使ってもらったらしいことだけが察せられるということが。

表面的には単に褒められているだけなので、こちらから問い質《ただ》すとおかしなことになってしまう。そのため公平はいつも、戸惑いのままに半端な笑みを浮かべてヘラヘラと照れたふりをすることしかできずにいる。

「そういう善行さんは、どういう経緯でここに住み始めたんですか？　湯本さんと楠田さんも。ケンさんは変性アルファでっていうのは前に聞いたんですけど、お三方の理由も差し支えなければ聞いてみたいです」

公平がぐるりと見回しながら各位に尋ねると、善行よりも先に楠田が「私はねえ！」と空のワイングラスをコースターに置いて口を開いた。

「アルファの奥さんがいてね！」

そして得意顔で胸を張り、左手薬指の結婚指輪を見せつけてくる。

「ええ、はい。すごい気になってますそれ」

と公平が相槌《あいづち》を打っている間に、善行は「そろそろうどん玉入れるか」と言って立ち上がった。楠田の話よりむしろ、酔っているのか若干ふわふわしている彼の足取りの方が気になって仕方がない。

少し上の空で聞いた話によれば、彼女は出張で行った先のメキシコでアルファの女性建築家と運命の出会いを果たしたのだと言う。

二人はすぐに日本とメキシコの両国で結婚。しばらくは日本で婦妻生活を送っていたものの、相手は仕事の都合で三年前から母国に単身赴任中なのだと楠田は話してくれた。

「で、私の発情期がまー重くて！　独身の時に登録してたマッチングサイト使おうと思ってたんだけど、奥さんが『仕事続けて欲しいから別居は我慢するけど、せめて安全な相手とだけにして！』ってココのパンフ持ってきたの！　超いい女じゃない⁉　普通アルファってもっと強引で堪え性のない生き物じゃーん！」

「アルファとしては一括《ひとくく》りにされたくない気持ちもありますけど……確かに、理性的で愛情深い素敵な奥さんだなあ。とは思います」

公平がそう返して彼女のワインボトルに手を伸ばすと、楠田はまた得意そうに笑ってグラスを公平の方に傾ける。

「でしょ？　もちろん仕事辞めてついてくことも考えたんだけど、私がそれやっちゃったら頑張ってる若手の足引っ張ることになるし」

そんな楠田の言葉には、公平も深く頷いた。祖父や父が取締役を務めるグループもそうだが、今の日本の企業には管理職でオメガ、しかも女性となるとロールモデルがほとんどいないのだ。

「――でも、奥さんがアルファならつがいにしてもらえばいいのに。出会って即結婚しちゃうほど運命感じるお相手なら、別になんの心配もないんじゃないですか？」

と公平が率直な疑問をぶつけると、楠田は「簡単に言ってくれるわ！」と公平の注いだワインを一息に呷った。

「そんなの試してないわけないでしょぉ⁉　いくら〝運命〟感じてたって、ガブッとひと噛み即ペアリング完了めでたしめでたし。なーんて上手いことといくのなんかＡＶとメロドラマの中だけだっつーの！　このアザだらけのうなじが目に入らぬと申すか⁉」

「そ、そうでしたか……失礼しました……」

彼女が晒《さら》したフィルム越しの首筋には、確かにいくつもの歯型が赤く残っている。痛々しいやら艶かしいやらで目のやり場に困って、公平は慌ててボトルを置き自分の箸と小鉢を手に取った。そして鍋から最後の牛肉と春菊をさらいつつ、台所の様子を窺う。善行はまだ戻ってくる気配がない。

「――湯本さんはどういう経緯でここへ？　普通に発情期対策ですか？」

公平がそう尋ねると、茶碗《ちゃわん》の上で焼き豆腐を崩しご飯と一緒にかき込んでいた湯本が口の端に飯粒をつけて顔を上げた。

「ん？　まあ、そんなとこ。俺、発情期用の抑制剤ほとんど使えないから」

「ええっ、大変じゃないですか……それは何か、持病とか体質的な問題で？」

「そういうのはないけど、ドーピング検査に引っかかるからさ。俺、今もオリンピック目指して競技続けてんの。去年は日本選手権も五千メートルじゃ決勝まで行ったんだぜ」

それを聞いて公平は、フランスでもかなりの騒動に発展したあるスポーツニュースを思い出した。

オメガの発情症状やフェロモン分泌をコントロールする薬剤には、多くの場合で筋肉増強作用のあるホルモン剤が用いられている。

そうした薬剤も一年前まではオメガバースの選手に限り特例として服用が認められていたものの、某国の組織的なドーピングに使われてしまったため完全な禁止薬物に指定されてしまった物がいくつかあるのだ。

これによって多くのオメガ選手が正式な競技会から締め出しを食らうことになり、フランスではオメガ人口の特に多い体操やフィギュアスケートの競技団体による抗議活動も盛んに行われていた。

薬物に関する規約を定めている機構は、オメガの選手に対してパートナーとのペアリングを推奨している。しかしこれもまた重大な人権侵害だとして大きくニュースに取り上げられ、騒動は今も収束する気配を見せていない。

「あれのせいでいつもの薬は飲めなくなるし実業団には内定取り消されるし散々だったんだけど、俺は幸い普段使いの抑制剤がセーフだったからさ。焦ってどーでもいいヤツのつがいになるより、ここで様子見ながら市民ランナーしてた方がいいと思って」

「そうだったんですね……でも俺、芸術系の競技以外でオリンピック目指してるオメガの人に会うの初めてです。すごいなあ」

公平がそうして嘆息していたところへ、ようやく善行が戻ってきた。彼はうどん玉と熱燗を手に、得意顔で「分かってねえなあ」と発しながら元いた場所に腰を下ろす。

「長距離って体軽い方が有利なんだぜ？　つまり、マッチョになりがちなアルファより小粒なオメガの方がポテンシャルが高いってわけ。な？　和馬」

「一概にそうとも言えないけど、ほかの競技に比べればだいぶ勝負できるってのは間違いないだろうね。でも、善さんは俺を買い被《かぶ》りすぎ」

話を振られた方の湯本も、善行から受け取ったうどん玉を鍋に入れながらまんざらでもない雰囲気でそう答えた。ざっくばらんな言葉遣いで名前を呼び合う彼らが羨《うらや》ましくて仕方ない。

「――で、善行さんはどうしてここへ？　こういうところに十年も住んでるってあんまり聞いたことないから、すごい気になってるんですけど」

公平は、彼らの会話が自分を除いて続く前に！　という焦りからすぐに話題の矛先を善行へ向けた。

「俺？　俺はもう、シンプルに普段からフェロモン多くて受容体も過敏だから。恥ずかしながら高校ん時ちょっとグレててさあ。学校辞めて夜な夜な盛り場でフェロモンばら撒《ま》きまくってたら父親にここブチ込まれて、早いもんで気づけば十年よ」

「ぐ、グレてたんですか……っ！」

公平の脳裏に、タトゥーたっぷりのいかついギャングたちに囲まれた善行学（17）の姿が浮かんだ。制服姿のあどけない美少年が蝶《ちょう》のようにひらひらと盛り場を漂い、その白く華奢な体に夜ごとアウトローたちの太い指が這《は》い回る……妄想にもかかわらず、嫉妬《しっと》と心配で頭がおかしくなりそうだ。

「うん。まあ、せいぜいオールでクラブに入り浸る程度のしょっぱいグレ方だったんだけど。でも親からしたらすげー心配だったんだろうなってのは今なら分かるよ。うちはひとり親だったし、父親もオメガだからさ。百恵ねーさんの奥さんじゃないけど、ヤるならせめて身元の知れた相手とだけにしてくれ！　って思ったんだろうな」

「そりゃそうですよ……俺でさえ聞いてるだけで心配になります！」

「ははは！　そりゃどうも。そんな優しい公平くんには、よく煮えた美味しいすき焼きうどんを授けてしんぜよう」

と言って、善行は上機嫌で公平の小鉢にうどんをよそってくれた。

「あ、ありがとうございます……」

善行さんの箸がついたうどん！　と一瞬テンションが上がったものの、そんなことで馬鹿みたいにテンションが上がっている自分が流石《さすが》に気持ち悪くて少し引く。

「その派手髪とピアスって、グレてた時の名残りなんだっけ？」

公平がありがたくうどんをすすっている斜め前で、美女木が少し身を乗り出した。確かにそういうことなら、顔に似合わぬ軽薄ぶりにも頷ける。

「そうそう。でもまー、名残っていうか現役のシュミだよ。こういう自由が利くから在宅ワーク辞められんないんだよねえ。今さら髪黒くしてスーツ着て会社勤めとか、ぜってーできねー」

肩を竦めながらそう言って、善行は熱そうに両手で抱えたお猪口の熱燗を舐《な》める。子猫のようなその動作はまさに悩殺。悩みの全てが殺されんばかりの愛らしさである。

「善行さん、お仕事もここでされてるんですね。在宅ってライターとか？」

しっかりとその悩殺仕草を目に焼きつけながらも、公平は努めて冷静に尋ねた。きちんと意識していないと、あっという間に不埒な妄想で頭がいっぱいになる。

「惜しい。メインは情報科学系の論文翻訳で、副業でたまに留学生とか駐日ビジネスマンに日本語のオンライン授業もやってるよ。あんまり人と会うことないからフェロモンも関係ないし、天職だな」

「へー。いいですね、そういう働き方。服装や髪型が好きにできるっていうのもメリットですけど、自分の腕と少しの商売道具だけ持ってどこにでも行けるし」

例えば「大学教員って割に転勤が多いけど、家でできる仕事ならきっとどこにでもついてきてもらえるなあ」とか。

「ちなみに何語の翻訳を？　やっぱり英語ですか？」

「英語もやるけど、最近は中国語の仕事の方が多いかな。スペイン語も増えてる。あとは生徒にベトナム人が多いから、今はそっちも勉強中」

「すごい！　めちゃくちゃ語学堪能《たんのう》じゃないですか……マジで世界中どこでもやっていけますね！」

例えば「英語ができるならＮＡＳＡに転職するのもアリだなあ。宇宙が好きな人なら喜んでもらえるかなあ」とか。

「そっか。そういやそうだな。でも俺、長距離移動って苦手なんだよね。飛行機とか新幹線って結局密室だし、周りにメーワクかけそうで」

「いやでも、それは――」

妄想が炸裂するまま「俺のつがいになってくれれば解決します！」と発しかけたのを、ギリギリのところで飲み込む。危ないところだった。もし口にしていたら言い逃れの余地など全くない、完全にアウトの失言だ。

「ビジネスクラスの個室取ればいいじゃん。私は出張の時、大体いつもそうしてもらってるけど？」

　公平の言いかけに楠田が被せ、渡りに船だとばかりに便乗して頷く。

「そっ……そうですよ！　新幹線の多目的室も、最近は数が増えてるみたいですし！」

「いやまあ俺も、どうしても行きたいところがあればそうするけどさ。今んとこは別に、ここ出てどうこうみたいなのはいいかなあ」

　二人がかりの提案に、善行は少したじろぎながらお猪口を置いて立ち上がった。反射的にその顔を見上げると目が合い、ときめきのあまり心臓は「キュン」を通り越して「ギュン」と音を立てる。

「煙草《たばこ》吸ってくる。公平、屋上はもう見た？　もしまだなら案内するけど──」

「まだです！　行きます!!」

　思いがけない誘いに、勢い余って食い気味に立ち上がってしまった。善行はそんな公平を見て笑い、頭の上に手を伸ばしてくる。

「お前、でっかくて人懐っこい犬みたいで可愛いなあ」

額の少し上あたりをくしゃくしゃと撫でてもらい、息が止まる。「でっかくて人懐っこい犬になってこの人のそばで一生を過ごしたい」と、かなり本気で思った。

＊　＊　＊

メゾンAtoZは家屋内が完全禁煙なのだと聞いた。喫煙者はルーフトップバルコニーや前庭に設けられている喫煙所で一服する決まりになっているという。

喫煙スペースは屋根のあるウッドデッキで、ベンチとテーブルが置いてあった。そばにはハンモックがぶら下がっていたりシンクもあって、屋上はさながら小さなグランピングテラスだ。

「おおー……やっぱりここ眺めがいいですね。高い建物ないし、星がしっかり見える！」

公平が口を開けて夜空を見上げるのを、善行は喫煙スペースのベンチで紫煙を燻《くゆ》らせながら眺めていた。デッキの柱にぶら下がっているランタンが、彼の姿をオレンジ色に染めている。

「さっすが！　そう来ると思ったよ。遮るものがないからいい写真撮れるんだ」

善行は愉快そうに言って立ち上がり、フェンスに手をかけている公平のところまで弾んだ足取りで歩いてきた。

そして指に挟んでいた煙草を咥《くわ》え、パンツのポケットから携帯を取り出し写真を見せてくれる。その画面では、北極星を中心にたくさんの星々が幾重にも円を描いていた。

「すごい。これ、善行さんがここで？」

「ちょっと機材揃えたらこのくらいは誰でも撮れるよ。写真にはあんまり興味ない？」

彼の瞳《ひとみ》がきらきら輝いてみえるのは、きっと自分が彼のフェロモンに狂っているせいばかりじゃない。公平は小首を傾げる彼の仕草に見惚れながらも、少年のようにピュアな輝きを放つその瞳へ応える。

「……たった今、めちゃくちゃ興味持ちました」

「やった！　じゃあ、今度一緒に機材見に行こうか」

顔の周りに煙を漂わせながら、善行は無邪気に声を弾ませた。それがあんまり子どもっぽいので、指に挟んでいるのは煙草じゃなくてチョコレートなんじゃないかという気がしてくる。

「機材って一眼レフですか？　こういう写真って確か長時間露光で撮るんですよね。三脚も丈夫なのあった方がいいかな……」

「おおーっ。なんだよ、結構詳しいんじゃん。でも最近はミラーレスとかコンデジでもいいカメラたくさんあるし、このためにわざわざデカい一眼買う必要はないかも」

「でも、さすがにスマホじゃ無理ですよね……？」

「そうだな——……いや待てよ。確か星撮り専用のアプリがあったような——」

と言って彼はまた指に挟んだ煙草を咥え、楽しそうに両手で携帯を操作する。彼の体から発せられる甘いフェロモンとチョコレートに似た匂いの紫煙が混じり、その香りに参ってしまった理性がついに白旗を揚げる。

「——ごめんなさい善行さん。天体写真にも、カメラにも、すごく興味を引かれてるのは確かなんですけど……今はとにかくあなたとキスがしたい」

公平は、彼の唇に挟まれている煙草をそっと奪った。彼は不思議そうに公平の顔を見上げたものの、盗られた煙草を奪い返そうとはしない。

「キス、してもいいですか？」

公平のそんな告白に、善行は一瞬だけ目を瞠ってみせた。けれどすぐにその目を艶《つや》っぽく細めて口角を上げる。

「そういうの、普通わざわざ訊かなくない？」

「そうですか？　俺はいつも訊きますけど。断れない状況だって絶対作りません。嫌な思いはさせたくないし、いいよって言ってもらってするキスの方が断然ときめく」

「面白い性癖だな。男も女も今までここでいろんなアルファに会ったけど、お前みたいなの初めてだよ。確かに全然アルファっぽくない」

「もしかして褒めてくれてます？　それとも期待はずれ？」

善行は問いかけに答えることはせず、少し背伸びをして公平の唇を奪った。その柔らかな感触に発熱感を覚え、公平は自分がラットに陥りかけていることを自覚する。

普段から強い薬を使っているし、今日は頓服も二回飲んだ。それでも熱が出てくるくらいなのだから、何も対策していなかったらどうなっていたのかは考えるだに恐ろしい。

彼があえて公平を煽《あお》っていることは、憶測ではあるものの間違いないだろう。けれど相手がそのことを後悔するようなら、自分はやはり言い逃れしようもなく〝加害者〟になる。

今すぐ彼を抱きしめたい。そうできなければ死んでしまう。そんな危機感でパニックを起こしそうだ。けれど、火の点いた煙草を持っているせいで下手に動けない。

「褒めてはいないけど、期待はしてるよ」

最後に公平の下唇をひと舐めしてから、善行は公平の手から煙草を取り返してウッドデッキへ引き返していった。

「お前とはいいセックスができそう。チョコレートみたいなイイ匂いがするし」

と言って彼は灰皿の穴に煙草を差し込み、ベンチに腰を下ろして足を組む。

「……昼間、駅にいなかった？」

それを聞いて思わず固唾を飲んだ。やっぱり彼も自分に〝引かれて〟くれていた。だとするなら、これは〝運命〟以外の何物でもない。歓喜と興奮で自我が吹き飛びそうになる。

「好きです」

公平が彼の横に腰かけてその瞳を見つめると、善行はシガーケースから二本目の煙草を取り出し鼻で笑った。

「勘違いだね」

「はい。勘違いです」

「なんなんだよこのやり取り」

「だって俺、あなたのことをまだ何も知らない。――でも深く知ったら、知った分だけますます好きになるような気もします」

今度はまだ火が点く前のそれを、善行の指から取り上げる。顔を上げた彼の瞳がますます誘っているように見えて、ますます気持ちを煽られた。

「……あなたの頬に触れても？」

「この状況でイヤって言うヤツいないだろ」

「それは訊いてみないと分からない。俺は、今の自分にまともな状況判断ができるとは思ってないので」

「なるほどね。いい心がけだ。――触ってもいいよ。あとは？」

少しはにかみの混じったような表情の浮かぶ彼の頬に、そっと掌を添わせた。滑らかなその感触がどこか懐かしく感じられるのはきっと、名も知らぬ初恋の彼が善行と同じ星と宇宙を愛する人だったからだ。

「キスは？　してもいい？」

「いいよ。キス、して欲し――」

　公平は彼の唇の上にまだ言葉があるうちにキスをしかけたものの、二人の携帯が同時に震えてベンチから滑り落ち、その大きな音に驚いてタイミングを逃してしまった。

「びっ……くりしたあ……。なんだ和馬かよー。空気読めっつーの」

　公平の携帯にも、湯本から「ケーキ食わない？」とメッセージが入っている。グループチャットへの着信だ。

「正直ケーキって気分じゃないけど……ケンさんの手前なあ」

「そうですね……俺なんかわざわざプレートとローソク買ってきてもらってるし」

　主賓が二人揃ってバックれるのは不義理が過ぎる。と意見が一致し、そそくさと屋上をあとにした。けれど正直なところ、そのあとに食べた人気ショコラティエのケーキはほとんど味が分からなかった。

　どんな香りも、味も、温度も食感も、全てが善行とのキスの記憶に取って代わられてしまう。頭どころか体じゅうがそのことで満杯になって、他の何にも関心が払えない。

　きっとあの場にいた誰もが公平の身に起きていることを察していたに違いない。けれど誰もそれを揶揄せず、それとなく「お風呂行ってきたら？」と勧めてくれるところなどは本当にありがたかった。

しかし公平はそのことを「ありがたいな」と感じるとともに、これまで身を置いてきた環境ではずっと「生きづらいな」と感じていたことも認めざるを得なかった。

いくらアルファが「高貴な者」だといっても世の中の大多数の人間はベータで、常識も社会も彼らに最適化した形で成り立っている。しかも彼らがアルファやオメガについて見聞きする情報のほとんどはフィクションで、そのうちの少なくない割合を過激なアダルトコンテンツが占めているのだ。

公平はしばしば楽しそうに人と話していると「ラットに気をつけろ」と揶揄され、何か目立った成果を上げれば「アルファに生まれた時点で勝ち」と妬《ねた》まれた。

口に出してくれるならまだいい。自分がいかにラット対策をしているか、いかに努力を重ねて成果を出したかを訴えることができる。からかいや嫉妬の滲むおべんちゃらや愛想笑いとともに距離を置かれるのが一番きつい。

一方ここには、今のところアルファとオメガしかいない。これまでの生活で引っかかってきた多くのものがここにはない。暗黙の気遣いがありがたいし、居心地がいい。高校生の時からここに住み続けているという善行の気持ちが少し分かった気がする。

とはいえ十年は長い。長すぎる。余計なお世話かもしれないけれど、彼はそろそろ誰か相性のいいアルファとここを出てもいいんじゃないかと思う。仕事に理解があって、趣味も合うならなおいい。彼はきっと幸せになれる。

公平は浴槽の中でひとり、「俺じゃん……っ！」とにやけながらお湯を叩いた。入居したその日にこんな運命の出会いをしてしまったのは誤算というか、当初の動機を考えれば何ヶ月かはここに留《とど》まるべきなのだろう。けれど、そんなこと言ったたって出会ってしまったものは仕方がない。

彼はうなじを噛ませてくれるだろうか。もしも願いが叶《かな》うのならば、彼にとっての最初で最後になりたい。

風呂から出て携帯を見ると、善行から「部屋で待ってる。ゴムつけてから来て」とメッセージが入っていた。公平もそのつもりで着替えと一緒にいつもの物を部屋から持ってきてはいたけれど、こう露骨に言われてしまうと少々気恥ずかしい。

「——お、来たな。まあ適当に座ってよ。お茶でいい？」

ドアをノックすると、Tシャツにスウェット姿の彼がすぐに出てきた。耳にはピアスが一つもなく、無防備な姿を見せてもらったようで興奮する。シルエットが出ないゆとりのあるハーフパンツを穿《は》いてきてよかったと心底思った。

「すみません。お構いなく……あ、望遠鏡！」

促されるまま部屋の中央にあるベッドへ腰を下ろして、一番初めに目が行ったのは大きな天体望遠鏡だった。かなり使用感のある古い型の物だけれど、それだけ大事に、しかも頻繁に使われていることが分かる。

「ああ、うん。専門家からしたらちゃちいヤツだろうけど」

「いやいや、家庭用としてはかなりハイスペックな方じゃないですか？　あと俺の専攻は飛行力学なんで、天体はフツーに素人です」

不躾《ぶしつけ》かとは思いながらも、ついつい部屋の中を見回してしまう。間取りは自分の部屋と同じはずなのだけれど、物が多いせいか少しこぢんまりした印象だ。

デスクが直付《じかづ》けされた作り付けの本棚にはぎっしり外国語の本が詰まっているが、それとは別に彼が個人的に持ち込んだのであろう階段状のラックが反対側の窓を潰《つぶ》していた。

そちらにはバトル漫画の単行本や「かんたん日本酒のおともレシピ15選」とか「このショコラティエがすごい！《関東版》」というようなグルメ系ムックが入っていて、棚の上には宇宙船や探査機のプラモデルとスニーカーがいくつかディスプレイされている。

「ずーっとキョロキョロしてるじゃん。なんか気になるもんあった？」

そう言って笑いながら、彼はベッドのすぐ横にある小さな2ドアの冷蔵庫からミニペットの緑茶を出して公平へ投げて寄越した。

「ありがとうございます。気になるっていうか……最高の部屋だなあと思って」

ミニペットをキャッチし、彼の方へ視線を移した。冷蔵庫の上には電子レンジ、デスクには電気ケトルが置いてある。忙しい時はここで食事を横着するんだろうな……なんてことが容易にイメージできた。

「男ってやっぱりみんな、こういう部屋にちょっと憧《あこが》れるもんじゃないですか。カッコいいものがたくさんあって、ちょっとした秘密基地感がある感じの」

ミネラルウォーターを呷っていた善行は、ボトルから口を放すなり公平に満面の笑みを向けた。

「やっぱお前、分かってんなあ！」

あおるのは飲み物だけにしてください！　と思ったものの、相手の何気ない表情や仕草にこちらが勝手に欲情しているだけなので、ぐっと言葉を飲み込む。

「たまに居るんだよね。人の部屋見て『可愛くない』とか『色気がない』とか余計なこと言う奴がさ。で、そういうヤツに限ってセックスがど下手」

善行は飲みかけのペットボトルを冷蔵庫へ戻すとおもむろにTシャツを脱ぎ捨て、ベッドに腰かけている公平の下腹部を膝立ちに跨ぐ。

「そういう意味でも、やっぱりお前には期待できそう」

たとえそのつもりで部屋に来ていたって、唐突な展開にはどうしたって狼狽《うろた》える。心をかき乱されて、理性的な振る舞いができなくなる。

「どうでしょうか……そんなふうに煽られると、独りよがりになってしまいそうです」

持っていたペットボトルをヘッドボードへ置き、彼の腰に腕を回して引き寄せた。すると善行は上機嫌に両手で公平の頬を挟み、上を向かせて顔を覗き込んでくる。

キスしてくれるのかな。と思って目を閉じると、何かに気づいたような「あ」という彼の声が降ってくる。

「……どうかしました？」

焦《じ》れた末に目を開けると、眩《まば》ゆいほど綺麗な彼の顔がそこにあった。全身を包み込むように漂っている濃密なフェロモンの匂いも相まって、下着の内側が痛いくらい膨れ上がる。

「いや、やっぱこういうのは先に合意を取らなきゃと思って。……キス、してもいい？」

「俺のこと、からかってます？」

「嫌ならしないけど――」

挑発的な笑みを浮かべた彼の唇を奪い、その体を抱きすくめて押し倒した。善行はしがみつくように公平の首元へ両腕を回し、少しだけ口を開く。公平はその隙間から彼の舌を誘い出して絡めながら、そっとスウェットの中に手を入れた。

「んっ……」

彼はキスの合間に悩ましい吐息を漏らしながら、強請《ねだ》るように下肢を浮かせる。下着越しに尻《しり》の間をなぞると既に濡れていて、生地がしっとりと指に吸いついた。繰り返しそこを擦《こす》ることで彼は次第に息を上げ、やがてもどかしそうに嬌声《きょうせい》を発する。

「あっ、んっ……公平――」

「善行さん……いっぱい濡れてる」

アルファの自分と肌を合わせたことで、ただでさえ多い彼のフェロモンがますます大量分泌されている。目眩《めまい》を覚えるほどの芳香で目の前にちかちかと星が飛ぶのは、公平の体が彼のフェロモンに呼応しているからにほかならない。

「うん――だってすごい、いい匂い……たまんない」

そう言って彼は公平のTシャツに鼻先を擦りつけ、うっとりした顔つきで一度大きく息を吸った。

「もう、おかしくなりそう――」

情欲に潤んだ瞳でそんなことを訴えられ、矢も盾もたまらず着ている物を脱いだ。その間に彼はエアコンを点け、灯《あか》りを消してスウェットと下着を脱ぐ。

その慣れた手際に、馬鹿馬鹿しいほど理不尽な嫉妬が燃え上がった。これが運命なんだとしたら、この人は生まれた時から俺のものだったはずなのに――。

「いたっ――んっ、あぁ……」

一糸纏わぬ姿になった彼を膝立ちで背中からかき抱き、うなじに歯を立てる。彼は一瞬だけ体を強張《こわば》らせたものの、尻の谷間を性器で擦るとすぐにまた甘い声を上げた。

「……善行さん。好きだ。誰にも触らせたくない――」

歯を立てた場所にキスをして、両手で胸の先を愛撫《あいぶ》しながら背中に舌を這わせる。すると彼は一際高い声で鳴き、悩ましげにその白く滑らかな背を反らせた。

「んっ、あっ——それ、いいっ………あぁっ」

求められるがままの愛撫を繰り返していた公平は、視界の端に彼の男性器が上を向いているのを捉《とら》えた。片手を胸からそちらへ移し、先端を軽く握ってみる。

「……どうしてコンドームを？」

「片付け、楽だから……」

意味を咄嗟《とっさ》に咀嚼《そしゃく》できずに眉を寄せた公平の方を見て、善行は少しだけ恥ずかしそうに小さな声で補足した。

「量多いし、終わったあと動けないし……びちゃびちゃのシーツで寝たくない」

それを聞いて、公平の理性は今度こそ本当に木っ端微塵《みじん》に吹き飛んだ。

腕の中で身悶《みもだ》えを繰り返していた善行をうつ伏せに倒す。そしてラテックスを纏った彼の男性器を扱《しご》きながら、後ろの性器も指で弄《いじ》った。

「あっ……ちょ、待て……っ！」

善行は内腿《うちもも》をぶるぶると震わせながらしきりに喘《あえ》ぎ、両手でシーツを強く摑《つか》んでいる。

「善行さん、いっぱい出ちゃうんだ……可愛い」

公平はそこから指を引き抜き、代わりに自身をあてがった。その気配を察してか善行も切なげに息を詰まらせる。先端を少しだけ押し込むと、繋がり合おうとする場所がひくひく動いた。

「……すごい。善行さんのここ、すごく俺のこと欲しがってくれてる」

「まっ、待てって！　ちょっ……まっ、まだ――んっ、んんっ⁉」

うわ言のように発せられた言葉をキスで封じ、また後ろから彼を抱いてそこへ自身を突き入れた。温かな善行の胎内は絶妙な締めつけで公平の欲望を刺激し、あまりの快感にまた瞼《まぶた》の裏でちかちかと星が散る。

「あっ、いい――っ！」

不覚にも、そのひと突きでいってしまった。辛うじて言葉は飲み込んだけれど、中ではばればれかもしれない。

「あぁっ――……あっ、あああ……」

けれど善行も、公平が達するのとほとんど同時にびくんと何度か下肢を強張らせてから脱力した。膜越しの掌に感じた彼の射精は、確かに長くて勢いがあった。

彼の体はつまり受胎行為の悦《よろこ》びに耽《ふけ》りながら、懸命に何者かを孕《はら》ませようと精を吐いている。そんな矛盾があまりにも愛《いと》おしく、あまりにも公平の劣情を煽る。

公平は黙ったまま彼の腰を掴んで自分の方へ引き寄せ、本能のましゃにむに突きまくった。もっと優しくしてやるべきだと頭の隅では分かっていたが、そうは言ってもどうにもならない。

「うぁっ⁉　あっ、やっ……もっ、そ、それっ……無理……っ！」

「……すごく、気持ちいい——善行さん……すご……溶けそう……」

「ああっ……つっ……くぅ……あっあっあっ——……はぁっ……あっ……」

中を突き上げるごとに善行は高い声で啼《な》き、その声に情欲が際限なく刺激される。てっきり「これが限界」とばかり思っていた公平の性器はますます嵩《かさ》を増し、痛いくらいに勃《ぼっ》起《き》し続けた。

けれどそんな公平の雄を彼の体は温かく歓待し、甘やかで刺激的な快感が痛みを軽く上回る。善行のそこからは滴るほどの愛液がこんこんと湧き、彼の綺麗な内腿に淫美な軌跡を描いていた。

「はあっ……はあっ……あっ、ああっ、あっ……」

公平は善行の中から自身を一度引き抜き、うつ伏せでいる彼の体をひっくり返してもう一度、今度は正面から挿入を試みた。

「あっ、あ、あ……くっ……うぅ……っ!?」

後ろから挿《い》れていた時よりも圧迫感が強い。彼も同じように感じているのか、大きく脚を開いて公平を受け入れながらも息を詰まらせていた。

「……もう、誰にも渡さない」

大丈夫ですか？　と訊こうかとも思ったものの、大丈夫じゃない。と言われてもどうせやめられやしないので、代わりに愛を囁《ささや》く。

自分は彼のことをまだ何も知らないし、彼もまた公平のことなんかまだいくらも知ってくれてはいない。けれど、この運命の前ではそんなことの全てが些細に感じた。だって彼の体はこんなにも、温かに甘やかに自分を求めてくれている。

公平が自身の全てを彼の体に預けると根元の方でむくむくと瘤《こぶ》が膨らみ、公平の性器は善行の胎内に固定された。

「う――そ、だ……っ！」

善行は、公平の顔をひどく恐れるように見つめていた。けれどその間も彼の体は貪欲《どんよく》に公平を求めて蠕動《ぜんどう》している。当たり前だ。二人は結ばれる運命なのだから――。

「大丈夫。怖がらないで。……俺のものになってください。絶対幸せにします」

祈りを捧げるように告白し、公平は口を開けて善行のうなじに迫った。

「やっ……だっ、やめ……あ、ああ……っ⁉」

激しく横に振られた頭を押さえ、首筋を覆った手を剝ぎ取ってそこへ歯を立てる。透明なフィルムに歯が食い込み、想いは弾き返される。

「くっ……あっ、いっ……た……――いい……っ！」

こうなることは分かっていた。けれどだからこそ伝えたかったたし、だからこそ彼もきっと拒むような茶番をしてみせたのだ。挑発上手で小悪魔的なオメガの彼が、いかにもやりそうな可愛いお芝居だ。現に彼は「いい」と言って、震えながら公平にしがみついている。

公平は、善行のうなじを噛みながら彼の中でもう一度射精した。特殊なフィルムとラテックスの膜に生殖活動の全てを阻まれてはいるけれど、それでも彼の体の温かさには確かに幸福を感じた。

＊　＊　＊

たら、れば。を言ってもしょうがないのは分かっている。けれど彼がもしフィルムで首筋をプロテクトしていなかったら、二週間と言わず自分たちはきっとあの時つがいになっていたはずだ。

公平はそんな確信とともに彼を胸に抱きながら、夜が明けた頃に目を覚ました。肩口を枕《まくら》として提供している公平が体を捩《よじ》ったので、善行もまた唸《うな》りながら寝返りを打ちしぱしぱと瞬《まばた》きを繰り返す。

「すみません。起こしちゃいましたね。おはようございます」

「ん……おはよう。……今、何時?」

彼は掠れた声でそう言って、目を擦りながら大きなあくびをした。寝起きからしっかり可愛い。こんなに可愛い人と番《つが》うことが運命に定められているだなんて、自分はなんて幸せ者なのだろう。と思うと、自然に顔がにやける。

　ヘッドボードの携帯で時刻を確認すると、五時半を少し過ぎたところだった。彼が意識を飛ばしたのが三時過ぎだったので、二時間くらいは熟睡していたことになる。

「善行さん、今日のお仕事は？」

「んんー……十時からオンライン会議……あとはてきとー……」

「じゃあ、まだ寝てて大丈夫ですよ」

　自分は九時までにキャンパスへ出勤しなければならないが、それでもあと一時間くらいなら二度寝できそうだ。そう思って公平はまた善行を抱きすくめた。

「うん。……で、今何時？」

　ところが、善行は鬱陶《うっとう》しそうに公平の腕を振り払って起き上がる。彼の体は、自分がつけたのであろう歯型やらキスマークやらでほとんどまだら模様になっていた。

　公平も夢中になりすぎてところどころ記憶が曖昧《あいまい》ではあるものの、そんな彼の有様を見れば自分がいかに「独りよがり」をしたかが分かる。

「えっと……五時半です」

「そっか。……じゃあ先にシーツ替えたいから、悪いんだけど一回出てくれるか」

　善行は面倒くさそうに言って、床に放られていたパンツを穿き立ち上がった。公平も慌てて自分の物を探し、ベッドの隅で丸まっていたそれを手繰り寄せて足を突っ込む。

「ごめん。そっち剝がしてもらっていい？」

「あ、はい」

「ありがとう。じゃ、今度こっち持って」

彼はクローゼットから替えのシーツを出してくると、慣れた様子でてきぱきと公平に指示を出した。しきりに腰のあたりを掻いているのはきっと、シーツの汚れた部分が当たっていて気持ち悪かったからだ。

「あの……すみませんでした」

「ん？　何が？」

「途中、つけさせてあげられなくて……」

達したあとのコンドームに精液が溜まるたび、善行もまた公平と同じようにそれを取り替えていた。けれど何度目かの時に気持ちが逸《はや》るあまり公平がそれを阻んで、その結果彼はシーツを盛大に汚したのだ。

「あー。ほんとそれなー。でもまあ、次から気をつけてくれればいいよ」

「それに、痕《あと》もたくさん……」

「ああ、それはいいって。ちょっと痛かったけど、慣れてるからさ。大丈夫」

彼はそう言って苦笑いを浮かべ、しょげこんで俯《うつむ》いた公平の頭を撫でた。「次から」と言ってもらえた嬉しさと「慣れてるから」と言われてしまった悲しさがぐるぐると織り合わさって、どうしていいか分からないくらい切ない。

「……本当にごめんなさい。でも、俺のこと嫌いにならないで。あなたに嫌われたら俺、生きていけないよ」

自分でも驚くほど情けない言葉が口を衝いて、気づいたら彼を抱き寄せていた。鼻先を柔らかな髪が掠め、少し汗の匂いも混じった彼のフェロモンにまたくらくらしてくる。

「公平……落ち着いて。こんなことくらいで嫌いになんかならないし、人ひとりに嫌われたくらいで人生どうこうなるなんてことないから。大丈夫だって」

けれど善行は、相変わらず飄々《ひょうひょう》とした口ぶりでそんなことを言う。打っても打ってもまるで響かない鐘を衝いているようで腹が立って、彼をきつく抱きしめたままもう一度その白いうなじに歯を立てた。

「ちょちょちょ待て待て待て待て！　それはないって！」

——が。善行はそんな公平の胸に両手をついて力いっぱいのけ反り、それを躱《かわ》す。

「え、待って待って。ほんとに待って。さっきの、なんの〝ごめん〟だったの⁉」

公平が噛もうとしたうなじを掌で摩《さす》りながら、彼はその掌と公平の顔を交互に見ながら呆《あき》れとともに発した。

「……だって善行さんが、慣れてるとか嫌われたってどうってことないとか言うから」

「いや慣れてたって痛えもんは痛えし、たまたまちょっと相性いいだけのオメガ相手にそんな思い詰めること——」

「たまたまなんかじゃない！」

もう一度彼を抱きしめたくて腕を伸ばした公平は、けれど直前に大声を出してしまった手前「怖がらせてしまうかも」と怯《ひる》んだ結果、彼の両手を強く握って頭を垂れた。

「……好きなんです。あなたのことが。心の底から」

「だから、それはフェロモンのせいだろ？　確かに相性はいいみたいだし、一瞬盛り上がるのはしょうがないと思うけどさぁ」

「一瞬じゃない。勘違いでもない。……俺は、運命だと思ってます。俺にはあなたしかいない」

「いやあ……うーん……そう言ってくれるのは、嬉しいんだけど……」

両手を強く握られて、彼は困ったように眉を下げながら顔を赤くした。

嬉しい。と言ってくれたからには、彼もまた少なからず公平に好意を寄せてくれているはずだ。もしかしたら彼もまた昨日までの公平と同じように、過ごした時間の短さを気にしているだけなのかもしれない。

だとするなら自分がそうなったのと同じように、そんなことを気にする余裕さえなくなるほどに愛してやるべきなんじゃないのか？

公平は、そんな甘言が体の内側――の、比較的下の方――から響いてきたのを確かに聞いた。今が六時前だとして、手際よくやれば一回分くらいならまだ時間が――。

「〝運命〟って割には、フッーっていうか……」

しかしそんな不埒で野蛮な妄想も、彼が申し訳なさそうな声で発表した評価によってしおしおと萎《しぼ》んでいった。

「ふっ……普通⁉　え、普通ってその、優・良・可・不可で言うと……？」

「〝可〟……かな」

「博士課程でも〝良〟以上しか取ったことないのに！」

あんなによがり狂って泣きながら何度もイキまくってたじゃないか‼　と喉元まで出かかったが、ショックが大きすぎるあまり声にならない。

「ああいや、気持ちよかったよ⁉　そんな、落ち込むほどじゃないとは思う！　だけど運命って言うほど良かったかって言うと、俺的には……うーん……」

追い打ちのように畳みかけられ、膝から力が抜けた。彼の手を取っていなければ、そのまま床に崩れ落ちていたかもしれない。

「でもそれは……善行さんは〝慣れ〟すぎてるから……気づいてないだけで……」

「――公平。だったら訊きたいんだけどさ」

低い声で名前を呼ばれ、我に返った。なんだかうっかり、とんでもなく失礼な言葉を彼にかけてしまった気がする。

「フェロモンと見ためとセックス以外で俺のどこが好きかってお前、言えんの？」

言葉に詰まった。彼のどこを愛おしいと思っているかを表現する言葉を、公平はただの一つも持っていなかった。

「言えなくない？　好きなとこなんて。……少なくとも俺は、カラダ以外にお前の好きなとこなんて一つも言えないよ。だってなんにも知らないんだもん。知らなすぎて、嫌いにすらなれない」

「しゅ……趣味が合います！」

「たくさんいるよ？　俺くらいの天体撮影オタク。紹介しようか？」

「料理だって上手だし！」

「料理ならケンさんの方が上手い。ってか俺、昨日は割り下しか作ってないけど」

「語学に明るい！」

「当たり前だろ。仕事なんだから」

「でもっ……好きです……っ！　あなたを幸せにしたい……っ！」

深く俯いたあまり、テントみたいに盛り上がった自分のパンツが目に入って死にたくなった。説得力も何もあったもんじゃない。

「悪いけどそれは……余計なお世話かな」

善行は心の底から申し訳なさそうに言って公平の手を解き、無情にもその手でまた俯いたままの公平の頭を撫でる。

「俺は、お前に会う前から十分幸せだよ。やり甲斐《がい》のある仕事して、自分の稼いだ金で趣味に没頭できて、一つ屋根の下に安心してセックスできる友達までいる。恋人がいなくて寂しいとか不幸だって思ったこと、一回もない」

顔が上げられなかったのは、諭すような彼の言葉に幾許《いくばく》かの憤りが込められているような気がしたからだった。急に自分の思い上がりが恥ずかしくなってきて、精神的にも物理的にも合わせる顔がない。

「でもお前の気持ちも分かるっていうか……そのうち慣れるっていうのも俺はちゃんと分かってるから大丈夫。ケンさんだって、最初の二週間はそうだったし」

それを聞いてまた、腹立たしいやら悲しいやらでますます顔を上げられない。善行はそんな公平を放って、黙ったままクローゼットへ向かった。

「シャワー行ってくるわ。寝直すなら自分の部屋に帰ってもらえると助かる。会議の前に確認しときたい資料があるんだ」

公平にそれだけ言い残して、善行は先に部屋を出ていった。

一人になった途端、全身から力が抜ける。公平はその場にしゃがみこんで大きなため息をつき、俯いたままでいると涙がこぼれそうになるので無理やり上を向いた。

切ない、悲しい、腹が立つ、情けない――いろんな感情がぐるぐると体じゅうを駆け巡って、何もする気が起きない。

たかが内臓がちょっと余分にあるだけで、どうして「好きだ」「愛しい」と思う気持ちをこうまで否定されなくちゃならないんだろうか。こんなの理不尽だ。もしもこの世にバースファクターなんてものがなければ、この恋は単なる「一目惚れ」としてきちんとスタートを切れたのに。

「……ばっかみてえ」

あまりにも幼稚な妄想に、思わず笑った。

もしも人間にバースファクターがなかったら、そもそも「住人同士でセックスパートナーを共有するシェアハウス」なんてものが成立するはずがない。つまり自分と彼が出会うようなこともなかったろうし、仮に出会ったとして、自分は今と同じく彼に惹《ひ》かれただろうか。——とてもそうは思えない。だって全然タイプじゃない。

本当は公平も分かっている。こんなに胸が高鳴るのは、情緒が不安定になり自我が保てなくなるのは、薬による修正が必要な「バグ」のためだ。恋をしているからじゃない。

全く収まる気配のなかった下半身の昂《たかぶ》りも、彼が視界から消えたことで案の定落ち着いてきた。公平は自分の部屋に戻って、適当にそれを処理して不貞寝を決め込んだ。アラームで目を覚ました時には完全に正気に戻っていて、それでまた少しへこんだ。

そのうち慣れる。と彼は言っていて、そうなんだろうな。と思う。受容体は新しく感知したフェロモンに対しては過敏反応を示すが、大体二週間ほどで抗原ができ沈静化する。

だから、運命の恋人たちは「二週間以内に結ばれる」のだ。抗原が作られるとフェロモンの影響を受けなくなる。ということは流石にないものの、相手に対して出会った当初ほどの強烈な渇望は抱かなくなるのだ。

彼はきっと、こんなふうに初対面の人間から求愛されることが数え切れないくらいあるんだろう。それに対して慎重にならざるを得ないのはよく分かる。

ペアリングともなればそれは命にも関《かか》わることだし、軽率に許すべきじゃない。プロテクトされているとしたって、「嫌だ」と言っている相手の首筋に無理やり噛みつくような不届き者なんていうのは一番だめだ。

キスより何より一番相手の合意と許可を得なければならないことなのに、自分はそれをさぼった。〝可〟でも評価はまだ甘い。

合わせる顔が無さすぎて、不埒な妄想まみれの頭ごと取り替えてしまいたい。パンか何かでできていたらそれも叶ったのだろうけれど、残念ながら公平の頭は着脱不可だ。だからせめて人に不快感や不信感を与えないよう、シャワーを浴びて身支度を整え、定期薬の注射を打つ。

十歳の頃にバースファクター制御のため薬を飲み始めたが、経口薬は子どもでも管理が手軽な一方、服用回数が多くなるので飲み忘れのリスクも上がる。そのため公平は、十八歳の時に定期薬を注射に切り替えた。

抵抗薬と抑制剤が両方配合されていて経口薬より少し値は張るが、一日一本でいいので楽といえば楽だ。静脈注射なので即効性もあるし、人前で薬を出さなくていいので不必要に自分の第二性別を晒すこともない。

「――おはようございます湯本さ……っと」

ダイニングにはもう一人、公平と同じ選択をした人間がいた。うっかり背中に声をかけたが湯本はちょうどYシャツの袖を捲《まく》った腕に注射薬を押し込んでいるところで、公平は咄嗟に挨拶の続きを飲み込む。

「んー……おはよう安斎くん。悪いねえ気ぃ使ってもらって」

「いえいえ。お互い様ですから。――あ。善行さんも、おはようございます」

キッチンに彼がいるのは匂いで分かっていたので、公平はあえて何事もなかったような顔で声をかける。

本当は土下座の一つでもして許しを請いたい気持ちでいっぱいだけれど、実行に移しても彼を困らせるだけでかえって逆効果だろう。

「ああ。おはよう。ちょうどコーヒー淹《い》れてるとこなんだけど、お前も飲む？」

エプロン姿の善行が、公平の目を見て微笑む。それが自分に無体を働いた人間に対して向ける顔ですか⁉　さてはあなた天使ですね⁉　正体見破ったり‼　という感想が、短い言葉になって口から飛び出した。

「ありがとうございます。好きです」

「は？」

「コーヒー。特にコロンビア産エメラルドマウンテンが好きです。苦味と酸味のバランスが取れた中深煎《ちゅうぶかい》りがベストですね。善行さんは？　何かこれっていう豆はあります？」

しかしいつまでも自分のバグに狼狽えているばかりでは、高貴なる安斎家に生まれしアルファ男子の名が廃る。公平は数多《あまた》のシミュレーションから、瞬時に切り返しの一手を繰り出してみせる。

「あー……コーヒーは、あんま詳しくなくて……特にこれっていうのはないかな。あとごめん。これ、よく分かんない特売のブレンドだけど……いい？」

前のめりになりすぎて引かれたような気はするが、困惑した顔もまたあまりにも天使じみているので公平は考えるのをやめた。

「もちろんです。いただきます」

どうせ二週間もすれば、慣れてなんとも思わなくなるのだ。それなら今のうちに〝擬似片思い〟を楽しんでおかない手はない。

「……安斎くん、今日から出勤？」

公平がジャケットを脱いでカウンターのスツールに置くと、湯本が見計らったように発した。

「はい。新学期の開始は週明けからなんですけど、入学式準備の手伝いに駆り出されることになってて」

「そうなんだ……じゃあ、帰り遅いかな。歓迎会とかあったりする？」

「いや、たぶん今日はそんなに遅くならないはずです。十九時には帰ってこられると思いますけど……何かお手伝いが必要でした？」

公平がそうして少しぼかして尋ねると、湯本は「必要！　超必要！」としみじみ言っては何度も頷いた。

「発情期来ちゃったからイッパツ入れときたいんだけど、ケンさん今日は遅いみたいだからさ。今晩早めの時間に頼めるとすげーありがたい！　記録会近いし、就寝時間ずらしたくないんだ」

カウンターの隅に置いてあるシュガーポットに手を伸ばしながら、それとなく善行の顔色を窺ってみた。彼はこちらを気にする素ぶりなど全く見せず、真剣な顔つきでサーバーにお湯を注いでいる。

当たり前だ。ここでは相手の独占と選《え》り好みは厳禁。十年もこの家に住んでいる彼にしてみれば、顔色を変える理由なんか一つもない。

「……分かりました。俺でよければお安い御用ですよ」

「ほんと!?　やった！　ありがとう助かる!!」

湯本は胸を撫で下ろしながら声を弾ませ、公平に満面の笑みを向けた。不覚にも少しときめく。相手が誰であれ、単純に人の笑顔と「ありがとう」のコンボに弱いのだ。そういう自覚はある。

「こちらこそ、お役に立てて光栄です。……満足してもらえる自信はないけど」

「まったまたあ。謙遜《けんそん》は最大のうぬぼれってね。善さーん、昨夜《ゆうべ》どうだったあ？」

「んー。そうだなあ……」

訊いてくれるなよ！　と思ったが、湯本があんまり自然に発し、善行もまた健康食品でもレビューするみたいに相槌を打ったので「もしかして、恥ずかしがってる自分がおかしいのか？」という気になってきた。

「体力あるから和馬にはいいかもしれない。俺は最後ちょっとついていけなくて、かえって申し訳なかったよ」

「なるほど……それって一回が長い系？　それとも回数多い系？」

「長いっちゃあ長いけど、どっちかって言ったら回数かな。でもその辺はほら、相性もあるから」

だからって本人の前で言うことないだろ……。とは思うのだけれど、本人不在のところであれこれ言われるのとどちらがマシかと言えば――なかなか判断が難しい。

「すみません……その、どうも独りよがりが過ぎたようで……」

居た堪《たま》れなさのあまり、肩を竦めながらそう言うことしかできなかった。二人が公平のセックスを「良い」「悪い」ではなく「合う」「合わない」で話していることだけが辛うじて唯一の救いだが、これにも慣れないといけないのか……と思うと、少し気分が塞《ふさ》ぐ。

「まあでもそうやって『失敗した』って思うのは、普段のお前はきっとそうじゃないからだろ？　イレギュラーが重なっていつもの調子が出せないことなんて、誰にでもあるよ」

カウンター越しの善行は、マグカップを差し出しながら言う。

「公平はこうやって話してたらフツーによく気遣いができるヤツだなって思うし、だからまーほんと、慣れだな。慣れ」

「……お気遣い痛み入ります」

優しいな。と、残酷だな。のちょうど中間だ。自分を狂わせたのが「バグ」なら、公平もいつかはきっと彼に優しくできるんだろう。けれどこれがもし「恋」だとすると、もしかすると自分は一生彼に優しくできないのかもしれない。

「お、もうこんな時間。行ってきまーす。善さん弁当ありがとね！」

「はーい。行ってらっしゃい。気をつけて」

そんなことを考えながらコーヒーに角砂糖を一つだけ入れてかき回していたら、湯本が聞き捨てならない言葉を残してダイニングを出ていった。

「ちょっと善行さん！　湯本さんにお弁当作ってあげてるんですか⁉　毎日⁉」

公平がコーヒーを置いてキッチンの善行に詰め寄ると、彼は合点がいったように頷きながら後ずさりをした。

「ご、ごめん、言うの忘れてた……毎日ではないけど、欲しい人には一食五百円で作ってるよ。でも仕事が立て込んでる時と発情期は休――」

「破格です！　俺もお願いします!!」

彼の手料理にありつけるなら、百倍の金額を提示されたとしても脊髄《せきずい》反射で財布を取り出す自信がある。というかいっそ、生活全般面倒見させて欲しい。

掃除洗濯皿洗いは受け持つし自分の稼ぎは一切合切趣味に突っ込んでもらって構わないので、朝は玄関先で「行ってらっしゃい。はいこれお弁当」と送り出し、晩は「おかえり。今日の夕飯は○○だよ」とパステルカラーのエプロン姿で出迎えて欲しいし――。

「じゃあ、これに好き嫌いとアレルギー書いて送り返しといて」

「――あっ、はい！　了解です」

現実の善行は黒いフルエプロンのポケットから携帯を取り出し、テンプレートの文章を公平に送ってきた。アンケート項目がやたら多くて細かいところに、彼の凝り性な性格が出ている。

「今日はもう好き嫌いには対応できないけど、どうする？　持ってく？」

「ぜひ！　お願いします！」

公平が被せ気味に答えると、善行は「分かったよ」と笑って冷蔵庫から作り置きおかずの容器を取り出した。食品アレルギーはないし、もし嫌いな物が入っていたとしたって彼の手作りなら美味しく食べられるに決まっている。

公平がもらったアンケートを記入している間に、善行はシェアハウス備品の密閉容器に弁当を詰めデパートの紙袋に入れてくれた。アンケートは出勤までに返信を書ききれなかったので、残りは昼休みにでも書いて返すことにする。

「それじゃあ、善行さん。行ってきます」

「はい。行ってらっしゃい。気をつけて」

「……お弁当、ありがとうございます」

「どういたしまして。口に合えばいいんだけど」

と言った時の善行の少しはにかんだような顔があんまり綺麗だったので、一瞬「キスできないと死ぬ！」と思い詰めかけた。

が、死ぬわけがない。すぐ慣れる。と公平はすぐにきちんと気持ちを落ち着けて、紙袋と通勤鞄を手に家を出る。簡単に気持ちを切り替えられてしまったことが複雑ではあったけれど、その分昼休みが楽しみな気持ちには自信が持てた。

二、オメガバースの独身極め道

喜色満面で弁当を抱える新たな同居人を見送り、善行学は大きく息を吐く。同居人たちは全員それぞれの職場へと出勤し、ようやく独りになれた。

体に燻《くすぶ》る熱はまだ冷めそうになく、しかも新入り――安斎公平の、苦いチョコレートに似た残り香がなお絶えず受容体を刺激する。学はエプロンを着けたまま早足で自室へと駆け上がり、クローゼットの奥から長らく使う機会のなかった医療用の電動ディルドを引っ張り出した。

「……あぁっ！　くそ！」

電池が切れている。学は歯噛《はが》みしながら無意味にスイッチをがちゃがちゃ動かし、迷いはしたが結局それをそのまま床に固定してパンツを下ろした。そしてそばに箱のティッシュを置き、慎重に腰を落とす。

「うぅっ……つっ……めたっ」

あてがったそれの冷感に、思わず呻《うめ》いた。しかしゆっくりと腰を落としぬるついた穴で少しずつ咥《くわ》え込むうち、ディルドは徐々に自分の熱で温まっていく。

「――っあ、あぅ、うぅ……」

胎内に招き入れたそれには、人間のものにはあり得ない凹凸が付いている。それは学の体を最も効率的に慰めるためのもので、バースファクターなんていうのはこの程度のマッサージで割にコロっと騙《だま》されるのだ。

学はこれを、大学受験中にかかりつけのクリニックで作ってもらった。住人の入れ替わりが激しいメゾンAtoZではしばしばアルファが不在になることがあって、当時も試験前だというのに新たなアルファの供給がなかったのでやむを得ず道具の力を借りることにしたのだ。

学の発情期はアルファと肌を重ねる機会があれば一週間程度、それがないと長い時で十日間は続く。その間薬で緩和できるのは自身のフェロモン分泌と体調不良だけで、受容体の過剰反応を抑えるにはどうしても身体的な刺激が必要だった。

触診とエコー検査をもとに作られた最初の張型を見て、学は大いに慄《おのの》いた。これがあなたの体に最もフィットする形ですよ。と見せられたものが、あまりにも人体のそれとはかけ離れたグロテスクな逸物だったからだ。

けれどそれから何度か微調整をして、仕上がったディルドは使ってみるとなるほどどしっくりきた。実際のセックスとは違って融通は利かないものの、フィット感はどんなアルファのものよりもずば抜けている。結構高くついたが、納得の出来だった。

とはいえやはりフェイクはフェイクなので、その効果はというと実際のセックスほどは持続しない。けれど一時的な体の昂《たかぶ》りを沈静化し精神的なバランスを保つのには、大いに役立ってくれた。

「――はっ、はぁっ、はっ……あ」

学はベッドに手をつき、動力がなく沈黙したままのディルドの上で腰を振った。浅くと深くを繰り返しながら、徐々に奥へ奥へと相棒を誘導する。

「あ、あっ……い……」

目を閉じると、瞼《まぶた》の裏には鮮明に公平の姿が浮かんだ。甘さと苦さの混じった匂《にお》いの刺激的なフェロモンを持った、美しくて強い雄。学は彼のセックスを思い出しながら、エプロンを持ち上げている陰茎を片手で擦《こす》った。

「いいっ……あ……――公平っ」

ディルドの先端に体の中の深いところを、亀頭球を模した根元の膨らみに浅いところを刺激され、思わず彼の名前を囀《さえず》ってしまい赤面する。

オーダーメイドのディルドは人ならざる形をしている。しかし彼のものは、長さと先端の形、そして根元の膨らみの感触がディルドと瓜二《うりふた》つだった。思わず「嘘《うそ》だ」と口走ってしまうほどに。

「――っく、あぁっ、うっ……」

ティッシュを何枚も引き抜き、その中に射精する。下半身が何度かびくん、びくん、と震え、掌《てのひら》に濡《ぬ》れた感触が広がる。「いっぱい出ちゃうんだ……可愛《かわい》い」と耳元で囁《ささや》いた公平の声が蘇《よみがえ》り、恥ずかしさと惨めさのあまりまた赤面した。

「はっ……はぁっ……はぁっ——はあ……んっ」

出し切ってしまうと頭がすっきりしてきて、学は「よっこいしょ」とまたゆっくり腰を浮かせて中のものを解放した。換気をしたのもあるんだろうが、公平の残り香はもうほとんど気にならない。

それから学は下着を取り替え、ディルドを洗い、汚した衣類はほかの洗濯物と一緒に洗濯機へ突っ込んだ。打ち合わせが終わる頃、ちょうど洗濯機も止まっているはずだ。

いつものようにパソコンを立ち上げ、会議のためにウェブカメラを調整する。画面の向こうにいるコーディネーターもクライアントも、涼しい顔で「你好《ニーハオ》」なんて言っている学がつい寸前まで自慰に耽《ふけ》り身も世もなく喘《あえ》いでいたとはまさか思うまい。

二人は学がオメガバースであることを知らない。別に隠しているわけではないが仕事には関係ないことだし、明かすような機会もないからだ。

同じように、学もまた二人の第二性別を知らない。クライアントの博士は若くして多くの革新的な論文を発表しているので、アルファっぽいなとは思う。が、それは偏見というものだろう。

もし仮に博士がアルファだったとしても、その功績は弛《たゆ》み無い努力によるものであってバースファクターは関係ない。そこを結びつけてしまうのは実に愚かなことだ。

しかし学がそんなふうに考えていられるのはきっと、画面向こうの人間と実際に顔を突き合わせたことがないからなのだ。

顔を合わせて仕事をすれば、二人はフェロモンで学の第二性別を知ることになる。そうなればきっと、大なり小なり対応は変わってしまうに違いない。

その時もまだ、自分は今のようにまともでフェアな考えをしていられるのか。これには少し——いや、かなり自信がない。人の考えや信念なんてものは実に脆弱《ぜいじゃく》で、一瞬の体験で嘘みたいに翻ってしまう。

現に学は、公平にひどい嘘をついた。公平が「運命だと思ってます」と言った時、本当のことを言うと自分も「ああ。やっぱりそうか」と思ったのに。

彼のフェロモンはこれまでに会ったどのアルファのものよりそそるし、彼のセックスはこれまでに学を抱いてきたアルファたちとは比べものにならないくらい良かった。体の窪《くぼ》んだところも出っ張ったところ全《すべ》てがぴったり重なって、二度と離れられなくなるんじゃないかと怖くなったくらいだ。

もし発情期と被《かぶ》っていたら。もし外出の予定が入っていなくて、体に負担の少ない弱い薬しか使っていなかったら——そう思うとぞっとする。

けれど学は、公平の告白をどうしても素直に受け止められなかった。彼の言っていた一言一句が気に食わなかったし、穏便にその場を収めるだけで精一杯だった。

どうせフェロモンに過剰反応しているだけで、すぐに冷めるに決まってる。

どうせオメガのことなんか、単なるアクセサリーだと思ってるに決まってる。

どうせ「いざとなったら力で捻《ね》じ伏せられる」と思ってるに決まってる。

どうせ「人を惑わせるフェロモンを出している方が悪い」と思ってるに決まってる。

どうせ「つがいにさえすれば考えは変わる」と思ってるに決まってる。

それでいて、どうせほかに相性のいいオメガが出てきたら乗り換えるに決まってる。

どうせ、どうせ、どうせ、どうせ、どうせ。どうせそうに決まってる。アルファなんてどうせみんな、信用できない。

こんなに「どうせ」がたくさん出てくるのは、公平にはちょっとだけそうではないことを期待していて、それを裏切られたのがむかついたからだ。

我ながらひどい偏見だとは思う。フェアじゃない。しかし学が経験した様々なこと――その教訓が、学から「公平」を奪った。

キスしてもいいですか？　なんて初めて訊《き》かれた。嫌な思いはさせたくないし。なんて初めて言われた。七つも年下の若造に悔しいくらいときめかされて、こういうことを尊重してもらってようやく自分は「ときめく」のだということすら、初めて知った。

だから頭を押さえつけられ無理やり首を噛まれた時に死ぬほど腹が立って、あのときめきが全部「どうせ」に取って代わられてしまった。

百歩譲って、噛みつかれるのはまだいい。アルファにそういう習性があるのは百も承知だし、それを見越した対策は常にしてある。だから、むかつきの真の在《あ》り処《か》はそこではないのだ。学が本当にむかついたのは、支配欲むき出しの「俺のものになってください」「絶対幸せにします」という言葉の方だ。

自分が「もの」扱いされたのが我慢ならないし、本人にも直接伝えたが、学は現状既に大いに「幸せ」である。むしろ、こうしてむかつかされたことでその「幸せ」が少し損なわれたくらいだ。

「やっぱダメだ。アルファはダメだな。ろくなもんじゃねーよ。まあ顔とセックスはちょっといいけど、それ以外はてんでダメだ。話になんねー」

そんなことをブツブツ言いながら屋上に洗濯物を干し、まどろみながら一服した。寝不足の目に快晴の青空が痛い。自分の吸っている煙草《たばこ》が、公平の匂いに少し似ているのがまたなんとも複雑である。ナッツチョコフレーバーの、ベルギー産手巻き煙草だ。

チョコレートは物心がつく前からの大好物で、学の記憶は「親の目を盗んでチョコシロップをボトルからがぶ飲みしたら鼻から大量出血し、病院へ担ぎ込まれた」ところから始まっているくらいだ。確か、三歳の時のことだ。

その時自分が何を思っていたかは全く覚えていないものの、スーツを鼻血とチョコシロップまみれにした父親の泣き顔だけは鮮明に覚えている。父がそんなふうに自分を心配してくれたことをずっと覚えていたから、反抗期がそこまで拗《こじ》れずに済んだ。

学のことを産んだのはほかならぬオメガの父だが、彼は〝事故〟で学を身籠《みごも》った。その〝事故〟を起こしたのは父と同じ大学に通っていたアルファの男だそうだが、見ず知らずの人間だったという。

父は、学を産み育てるために大学を辞めた。そうして育ててもらった自分が言うのもなんだけれど、バカなんじゃないかと思う。自分だったら絶対に産まない。父にもそう言ってしまったことがある。このシェアハウスに入居する直前のことだ。

少しおっとりしたところのある父は、ただ苦笑いを浮かべて「でも、学に会いたかったんだよ」とだけ言っていた。全く理解できなかったが、自分がとてつもなく大きな愛情によって生かされてきたことだけは痛いくらいよく分かった。

そんなルーツを持っているので、学はこの世で一番自分のことが大切だ。父がたくさん傷つけられ、悔しい思いをして、たくさんのものを奪われ、諦《あきら》め、それでも大切に大切に育ててくれた自分のことを、どうして粗末になど扱えるだろう。

俺のものになれ？　ふざけるのも大概にしろと言いたい。善行学の所有者は、未来永劫《えいごう》善行学ただ一人でしかあり得ない。他の誰《だれ》かの好きにされるなんてまっぴら御免だ。

そもそも公平は、入居の動機からして妙に上から目線で気に入らない。高貴なるアルファバース様が、哀れなオメガバースに施しをくれてやろう。という高慢がいやらしく透けている。

そうして公平の「いやなところ」探しに躍起になっている学の耳を、ごうっ、と大きな音が劈《つんざ》いた。

港から基地へ向かう艦載機が、雲ひとつない青空に白い線を引いている。その軌跡はなんだか、人工衛星が大気圏に突き刺さっていく様を彷彿《ほうふつ》とさせた。

小学生の時の将来の夢は宇宙飛行士だった。けれど当時まだオメガは宇宙飛行士にはなれず、それを聞いて諦めた。

次の夢は医者だった。父も応援してくれて、家計が苦しい中仕事をかけ持ちして名門私立の学費を用立ててくれた。

学の初めては十七歳の夏休みだ。天文部の活動で行った種子島で発作を起こし、介抱しようとしてくれたアルファの先輩を筆頭にほかの部活の仲間たちにも順番に犯された。

痛みや恐怖はそれほどなく、むしろ快感の方が強烈で、その分死ぬほど後悔した。発作の末に起こったことは〝事件〟ではなく〝事故〟として処理され、原因である自分は学校にはいられなくなる。それは憶測ではあったけれど、信憑《しんぴょう》性は高かった。

父の苦労を無駄にした。なのに、気持ちよかった。もっと、もっと、と欲しがった。

自分のだらしなさが許せない。というより、絶望した。こんなにだらしなくて、どうしてこの先まともに生きていけるだろう。という途方もない不安で、人工衛星の打ち上げを見ている間もずっと泣いていた。

そんな学の様はよほどおかしかったに違いない。たまたまそばにいた小学生にやたら心配された。

まともに答えるわけにも行かず、またその義理もないので、「オメガは宇宙飛行士になれないから悲しいんだ」と適当に相手をしていた。しかしどうやらアルファであったらしいその小学生の極めて薄いフェロモンにすら妙な気持ちになってしまい、そんな自分が嫌で嫌でたまらなかった。

その少し後。学は案の定転校することになり、自暴自棄になって少しグレた。夜遊びに明け暮れていたらチョコシロップ鼻血事件ぶりに目の前で父親に泣かれて、学は通信制の高校へ編入するとともにメゾンAtoZへ入居し今に至る。

死に物狂いで勉強したが、医大には二回落ちた。本当は、落ちたのは一回だった。多くの医大でアルファには加点、オメガには減点という不正採点が行われていたことがあとから分かり、心が折れて医者は諦めた。

こうして振り返ってみると、父のみならず自分もそこそこハードモードな人生を送っている気がする。が、それはもういいのだ。色々あったが、今は充実している。

努力が徒労に終わることなんてざらにあるが、その過程で身につけた知識や経験は誰にも奪えない。そんな財産を元手にすれば、学は誰に頼らなくても幸せになれる。

要するに、本当に、幸せにしたいだなんて余計なお世話以外のなにものでもない。彼にしてみればとばっちりかもしれないが、アルファの公平にだけは絶対に言われたくない。

空から白線が消える頃、煙草も根元まで燃え尽きた。いい加減、ちゃんと気持ち切り替えないと。と両手で顔を叩《たた》いてから立ち上がり、一階に下りる。

昼は和馬や公平に持たせたおかずの残りで簡単に済ませることにした。ささみの明太チーズ焼きとキャロットラペ。チョコレートほどではないけれど、どちらも好物だ。

うきうきしながら茶碗《ちゃわん》にご飯をよそったところで、公平から好き嫌いやアレルギーの書かれたメッセージが返ってきた。

「……うわ。まじか」

嫌いな食べ物のところに「たらこ、生のにんじん」と書いてあって、思わず声が出た。

＊　　＊　　＊

確かに学と公平は体の相性がすこぶる良くて、たまたま誕生日が一緒で、偶然二人とも宇宙オタクだ。

けれどこれがもし本当に「運命」なら、好きな食べ物や嫌いな食べ物だって一致するんじゃないだろうか。少なくとも学は、好きな人とは同じものを「美味《おい》しいね」と言い合って食べたいと思うのだけれど。

だから正直なところ、最初は「ざまあ」と思わないでもなかったのだ。運命だなんだとしつこく言い寄ってくるのには辟易《へきえき》としていたし、これで少しは距離感を見直してくれるんじゃないかと期待した。——が。

「善行さん。お弁当、ご馳走《ちそう》様でした。すっごく美味しかったです！」

公平は帰ってくるなり学の部屋を訪れ、ニコニコしながら紙袋を差し出してきた。

「……嘘つけ。白ご飯と卵焼きくらいしかお前の食えるもん入ってなかったろ」

「ふふふ。中身、よく見てください」

得意顔の公平が紙袋の中を指差す。確かに、朝渡した時よりはだいぶ軽い。不思議に思いながら言われるまま袋の中を覗《のぞ》くと、弁当の代わりに銀紙に包まれたボンボンショコラがごっそり入っている。

「にんじんサラダも、明太ささみチーズも、本当に美味しかったです。食わず嫌いだったみたいですね。好きな食べ物が増えて得しちゃったんで、ほんの気持ちです」

育ちが良い……っ！　と危うく口に出してしまうところだった。金欠だった浪人生時代に弁当作りを始めて八年、こんなふうに気持ちを返してもらったことはなかった。

「ばっかお前、こんなの……フツーに弁当買って食べるより高くついてんじゃん」

嬉《うれ》しいのと気恥ずかしいのとで、まともに相手の顔が見られない。顔を見たらにやけてしまいそうで怖い。

「気にしないでください。そんなの格好がつかないし、調子に乗られても困る。受け取ってもらえたらすごく嬉しいけど、無理にとは言いません。俺が勝手にしたことなんで。……もしかして、かえってご負担でした？」

「い、いやっ！　ありがとう！　こっちこそご馳走様！」

顔を覗かれかかって、慌てて首を逸《そ》らした。すると公平は吐息と一緒に「よかった」と漏らし、ちらりと手首のスマートウォッチを見る。

「……じゃあ俺、シャワー行ってきます。さっき湯本さん練習から帰ってきたから」

「ああ、そっか。じゃあ——……頑張って」

なんとなく違和感と寂しさを覚えたものの、「頑張って」以外にしっくりくる言葉を見つけられず、結局そのまま口に出す。

「はい。……あんまり独りよがりにならないように、頑張ってきます」

公平は苦笑まじりにそう言って、シャワー室に入っていった。その背中を見送っていたら今しがた帰ってきたという和馬が階段を上ってきて、部屋の戸口に立っている学の顔を見てはぎょっと目を丸くする。

「うっわ！　デレッデレじゃん！」

「……分かる？」

「分かんない方がどうかしてるってレベルだよ正直」

「……誠に遺憾です」

指摘を受けて顔を揉《も》み険しい顔を作ってみるも、手元の紙袋に入っているボンボンショコラを見れば、また口元が「うぇへへ」と緩んでくる。

ここへ来た動機がいけ好かないのも、傲慢《ごうまん》な態度と言葉で強引に首を噛んだのが許せないのも、ぐいぐい言い寄ってくるのが鬱陶《うっとう》しいのも本当だ。

けれどいざ本人を目の前にすると、どうしたことかその全部がどうでもよくなって顔がにやけてくる。フェロモンのせいで頭がバグっているのは自分も同じなんだろう。全然思ったように突っぱねられない。

今朝《けさ》だって、本当はもっとビシっと言ってやるつもりだった。なのにしょんぼり肩を落としている様なんか見せられて、つい「イレギュラーが重なっていつもの調子が出せないことなんて誰にでもある」と慰めてしまったのだ。我ながらチョロすぎる。

「なんなのあいつ。顔も頭も匂いもいい上に育ちもいいとか。怖いんですけど」

「頭と育ちがいいのは分かるけど、ほかは別に……てかいいの？　そこまで気に入ってんのに俺が食っちゃって。安斎くんだって絶対善さんのこと好きでしょ」

あけすけに言われ、目が泳いでしまった。

「別に、それは俺がどうこう言えることじゃないし……お前の方こそ、本当はケンさんの方がいいんじゃないの？　ちょっとぐらい待ってれば？」

「は？　誰も今ケンさんの話なんかしてねーし」

「いや今のはお前の自爆だからね⁉」

と言い返すと和馬はしばらく怪訝《けげん》な顔で学を睨《にら》んでいたものの、やがて悔しそうに眉《まゆ》を寄せて「確かに！」と唸《うな》った。

メゾンAtoZで住人の入れ替わりが激しいのは結局、ここで出会ったオメガとアルファがカップルになって「円満退去」していくからだ。そもそも一つ屋根の下で共同生活を送っていた二人なので、その後の結婚生活や同棲《どうせい》生活でもみな上手くやっている。

和馬は事情が事情なので長く住むことになりそうだと思っていたが、その予想はもしかしたら外れるのかもしれない。めでたいことではあるけれど、あんまりそういうのが続くと学のような選択独身者が居づらくなって困る。

最近はここのようなシェアハウスが舞台の海外ドラマやリアリティ番組が流行《はや》ったこともあり、恋活もしくは婚活感覚での入居希望も少なくないらしい。

週刊誌に「乱交シェアハウスの知られざる実態！」なんて見出しが躍っていた頃を思えば随分いい世の中になったとは思うが、それでも「オメガやアルファはみんな恋愛脳」というステレオタイプからの脱却にはまだまだ時間がかかりそうだ。

マイノリティ同士、共感と気遣いと許しを持ち寄って暮らすのは心地いい。学はアルファバースが基本的には好きではないものの、自分のことを一人の人間として上も下もなく見てくれる友人たちならばどんな性別の人間にだって体を許せる。

けれどここが完全に「恋愛」のための場所になっていくなら、自分の方が居場所を変えるべきなんだろう。今さらマッチングサイトに登録したりクラブに通ったりして毎月の相手を探さなければならないのは面倒だが、よくよく考えれば普通のことだ。

二十二時のアラームを聞いて、学は仕事の手を止めた。作業中のファイルをハードディスクとクラウドに保存してパソコンの電源を落とし、首からカメラをぶら提げ、天体望遠鏡のセットと三脚を抱えて部屋を出る。

今夜は満月だ。しかも普段の月よりも大きくて明るい、スーパームーンだ。写真を撮らない手はない。

パンツの右ポケットにはシガーケースとライター、左ポケットには公平にもらったボンボンショコラも入れてきた。肌寒いようなら燗《かん》もつけて持ってこようか。なんて、考えているだけで心が躍る。チョコレートと日本酒は意外と合うのだ。

明日は朝から雨の予報が出ているが、夜のうちはまだ天気ももちそうだ。学はウッドデッキのそばに望遠鏡をセットして満月に照準を合わせ、接眼レンズにカメラアダプターを取り付けた。その時だった。

「……あ。やっぱりいた」

背後で公平の弾んだ声がして、学は振り向かないままこっそり顔を揉んで「にやけるなよ！」と自分に言い聞かせた。

「おー。お疲れ」

一呼吸置いてから彼の方を見たが、決心虚《むな》しく口角が上がった。シャワーを浴びてきたところなんだろう。まだ少し髪が濡れている。和馬とのセックスの直後のせいか、迸《ほとばし》りまくっている色気とフェロモンがしんどい。息を吸うごとに胸が高鳴ってくる。

「和馬は？　もう寝たの？」

「はい。……明日も五時起きだからって、部屋追い出されちゃいました」

公平は苦笑いで頭を掻《か》き、学の横に立つ。そんなことだろうと思っていたが、実際にそうであったことを聞いてほっとしている狭量な自分が少し嫌だ。

「そっか。記録会近いからナーバスになってるのかも。次の記録に国際大会行けるかどうか懸かってるんだって。――で、お前も月見？」

「もちろん。今日は年に一度のスーパームーンですからね！　しかも満月！」

公平は少し興奮気味に言いながら携帯を取り出し、頭上で煌々《こうこう》と輝いてる満月に向かってそのカメラを向けた。学は煙草を咥えて火を点《つ》けようとしたものの、公平の横顔が煙で霞《かす》むのが惜しくて思いとどまる。

「綺麗《きれい》だなあ……」

言ってしまってから、しまった！　と思ったが、後の祭りだ。しかし公平は顔色一つ変えずにずっと携帯の画面に映した月を見つめている。

「ですね。すごい。肉眼でもクレーター見えそう」

「……うん。天気、崩れなくてよかった」

まさに、九死に一生だ。学は煙草を仕舞い、代わりにボンボンショコラを一つ口に放り込んだ。これ以上余計なことを口走らないよう大粒のチョコレートで口の中をいっぱいにして、黙ったまま同じ物を公平の着ているパーカーのポケットに入れてやる。

「ん？　あ、ありがとうございます！　いただきます」

ほくほくした笑顔が眩《まぶ》しくて仕方がない。口の中が空だったら叫び出していたかもしれない。我がことながらとてもいい歳《とし》をした大人のやることとは思えないのだけれど、チョコレートで口を塞《ふさ》いでおいたのは正解だった。

「んー……やっぱりスマホじゃこれが限界ですかねえ」

公平は頭の上に掲げていた腕を下ろし、撮影した写真を見ながら首を捻《ひね》った。

「一応、星撮りのアプリは入れてみたんですけど」

「――まあ、ズームで画質が荒れるのはしょうがない。望遠鏡使う？　接眼レンズにカメラくっつければ、それなりに撮れると思うよ」

「ああっ、その手があったか！　お借りします！」

大はしゃぎで目を輝かせた公平は、さっそく望遠鏡のレンズに携帯のカメラを当てて角度を調整し始めた。あんまり子どもっぽい顔で目をきらきらさせているので、種子島にいたあの小学生を思い出す。

学が「オメガは宇宙飛行士になれない」と言ったらショックを受けていた。あの時はなんでアルファのお前が？　と思ったけれど、そんなふうにショックを受けてくれる人がいるからこそ、世の中はだんだんいい方向に変わっていくんだよなあ。と今は思う。

「……しっかし、ほんとに好きだったんだな」

「え？　何がですか？」

「いや、星がさ。昨日はまだちょっと、こっちの気ィ引くために話合わせてるだけじゃねーの？　って思ってた」

「うわ、ひどい。ロケットやってるヤツは大体星も好きですよ」

「それもなかなかの極論だな」

「そんなことないですって。なんなら、今度ウチの研究室来ます？　一人残らず星オタクですし……あ！　いいの撮れた！」

みてみて善行さん！　と満面の笑みで押しつけられた携帯の画面には、満月としては見切れているがなるほど見事な月の弧が写っている。

「お、やるじゃん。……ちょっとズレてるけど」

「あえてですよ。あえて。月面から撮ったみたいでいいでしょ？」

「あー、言われてみれば確かに」

本当はピントを合わせたりしているうちに月が画角から外れたんだと思うが、楽しそうなので指摘するのはやめにした。マウントを取っていると思われても不本意だし、はしゃいでいる公平は可愛い。水を差したくない。

今度は全景撮ります！　と張り切っている公平を見て、どうしてか「好きだなあ」としみじみ思った。

気に入らないところは気に入らないし、そもそも相手がアルファという時点で付き合うとか一緒になるなんてことは学には考えられない。誰かのものになりたいだなんて絶対に思えないし、そうなることを求められても困る。

それでも学はしみじみと、「こいつのこと、好きだなあ」と思った。公平に触れたいと思うし、触れてもらうと気持ちいい。笑った顔をずっと見ていたいと思うし、まやかしでも勘違いでも、一瞬でも好きだと思ってくれた瞬間があったのが嬉しい。

けれど学にも、「フェロモンと見ためとセックス以外」で公平のどこが好きかなんて一つも言えなかった。触れたいと思うのはフェロモンがいい匂いだからで、笑った顔が見たいのはその顔がタイプだからで、セックスがいいのは偶然だ。

そもそもとして、知り合ってからまだ二日も経っていない。顔を合わせていた時間だけで言ったら、たぶん十二時間にも満たない。なのに好きだとかなんだとか、ちゃんちゃら可笑《おか》しい。完全に頭がバグっている。

「善行さん」

シガーケースから出した煙草を咥えるともなく指先で弄《もてあそ》んでいたら、公平は妙にかしこまって学を呼んだ。

「なに？　なんか分かんないことでもあった？」

「いえ。……〝月が綺麗ですね〟」

そしてものすごい得意顔でそんなことを言って、ウッドデッキに腰かけている学をにまにまと見つめる。

あんまり古典的なことを言うので、声を上げて笑ってしまった。公平は寸前の得意顔から一転、不安そうに眉を寄せている。

「……お前さあ。ロケット作ってんだろ？　だったらそんな手垢《てあか》のついた口説き文句なんか使わないで、『俺の船で、月まで一緒にどうですか？』ぐらい言えって。オリジナリティのないヤツは嫌いだよ俺は」

学が笑いながらそんなダメ出しをすると、公平もまた「ああーっ」と声を上げて大きく目を瞠《みは》った。

「それカッコいいやつ！」

「大体、夏目漱石《なつめそうせき》が生徒に『I love you』を『月が綺麗ですね』って訳すように指導したってハナシ、あれ単なる都市伝説だし」

「後生ですもう一回！　もう一回チャンスを！」

悔しそうに詰め寄ってくる、その情けない顔がたまらなくそそる。主導権を握りたいと思うのは、自分にも少なからず支配欲があるからなんだろう。

「しょうがないなあ。一回だけだぞ」

「やった！　ありがとうございます！」

よくないなあ。そういうのって。と反省することしきりではあるが、それはそれとして学は人の情けない顔に弱い。そんな顔で「お願い」されるともっと弱い。

そこで一つ、ああ、だからなんだ。と納得した。

公平は、学の前ではずっとどこか「情けない」のだ。なまじフェロモンの相性が良すぎるせいで調子が狂って、いつもの自分が出せないんだろう。そして自分はきっと、そういう公平のことが好きなのだ。

「オリジナリティかあ……オリジナリティ、オリジナリティとは……？」

公平は学の横に腰を下ろして腕を組み、ぶつぶつ言いながらまだ頭を捻っている。そうして一生懸命考えているのは、学に送るための愛の言葉なのだ。

「あんま深く考えない方がいいんじゃない？　捻りすぎて通じないんじゃ意味ないし」

「えー？　でも善行さんって、和歌とか漢詩に詳しそうだし……」

「いや、全然知らない……どういうイメージなんだよ俺」

なんて贅沢《ぜいたく》な時間だろう。このまま時が止まればいいのに。そんな気持ちが胸を満たしていくけれど、この気持ちもきっとすぐに冷める。

二週間もすれば自分にも公平にもフェロモンの抗原ができ、二人とも「いつもの自分」でいられるようになる。そうしたらきっと自分も彼に対してこんな気持ちには——むず痒《がゆ》いような照れ臭いような、でれでれした気持ちにはならないはずだ。

例えばそう。高慢で尊大で独りよがりな——首筋を強引に噛んだ時のような——強いアルファ。全く興味が持てない。警戒心を抱きこそすれ、好意なんか持ちようもない。

「……そうだ、弁当箱！　選んでもらえませんか？」

「は？」

公平の口からは一ミリも予想していなかった言葉が飛び出し、学は首を傾《かし》げるあまりミズクのようになってしまった。

「ちょっと、意味分かんないかな……」

「いや意味っていうか、そのままなんですけど……備品のタッパじゃなくて、ちゃんとした弁当箱欲しいなって思って」

「はあ。それで？」

「あとカメラも。一緒に見に行こうかって、昨日言ってくれたし……」

「あー……そういうこと？」

「はい。そういうことです」

公平は隣にいる学を見つめ、目を細くして微笑《ほほえ》みながら少し高揚気味に言った。

「俺とデートしてください。善行さんのこと、もっとたくさん知りたい」

オリジナリティもくそもない。バカ真面目《まじめ》などストレート豪速球。しかし結局、そういうのが一番効くわけで。

「分かった。いいよ。デートしようか」

学が頷《うなず》いてそう返すと、公平はぱっと顔を綻《ほころ》ばせて「やった！」と無邪気にガッツポーズをしてみせた。

その瞬間。公平のフェロモンが華やぐように濃く香り、体が震える。

「……ちょっと寒いな。温かい飲み物持ってくる。お前は？　何かいる？」

今、そばにいるとやばい。いよいよおかしくなる。そう直感して立ち上がった。寒いどころか体は奥から火照《ほて》ってくるが、指先やつま先は妙に冷たい。今のできっと自分のフェロモンも増えて、それに公平も気づいただろう。

「あ、いや……あのっ、飲み物っていうか……」

振り返ると、公平は真っ赤な顔で棒立ちのまま息を詰まらせていた。

「このくらいの位置の月なら、俺の部屋からも綺麗に見えると思います！　けど……」

「けど？」

「……来ませんか。部屋に」

学はただ、それじゃあお言葉に甘えて。とついていくだけでよかったんだろう。けれどどうしても、からかい心がむくむくと首をもたげてきて仕方ない。

「それって俺は、ただ部屋に招待されてんの？　それとも別のことに誘われてる？」

詰め寄って、その赤い顔を見上げた。公平はどぎまぎ目を泳がせながら、少しへっぴり腰になって応《こた》える。

「そんなつもりはない。とは言えません。……でも、ただ一緒に月を見てお喋《しゃべ》りするだけの時間だって、きっとすごく素敵だと思います」

熱に浮かされたような顔でそう言って、公平はおずおずと「善行さん、近い……」と一歩下がった。

公平はたぶん、あまり自制心が強くない。けれどそれを自分でよく分かっていて、そんな自分をきちんとコントロールしようという意識は人一倍だ。

一瞬の勘違いでも、大事にしようとしてくれている。そんな気持ちが嬉しかった。と同時に学は、自分の体を使っていたずらに彼をからかおうとしたことを大いに反省した。

「――望遠鏡運ぶの手伝ってもらっていいか。それから、下でホットチョコレート作って持ってくからちょっと待ってて。洋酒とスパイス利かせたのって平気？」

学もまた公平から一歩離れて、望遠鏡の片付けに取りかかる。公平は顔を赤くしたままふわっと顔を綻ばせて、片付けに手を貸してくれた。

「……大好きです」

「よかった。美味《うま》いよな。あれ」

公平はホットチョコレートのことを言ったのではない気がしたけれど、気づかなかったふりをした。

＊　＊　＊

公平の部屋にはあまり物がなく、どこか殺風景ですらあった。学は「まだ越してきて二日だしな」と思ったのだけれど、公平が言うには「俺の部屋はずっとこんなもん」らしい。

二人でまた部屋の中に望遠鏡を組み立てて、今度は学の一眼レフを接眼レンズに取り付けた。撮った写真をWi-fiですぐに携帯へ送ってやると公平は「今のカメラってこんなことまでできるんです⁉」と目を丸くしていて、自分にとっては常識だっただけにその反応が新鮮で面白かった。

とろみをつけたホットチョコレートはなかなか冷めず、いつまでも二人してふうふう冷ましながら横並びでベッドに腰かけ取り留めのない話をたくさんした。

公平は十三歳から六年間アメリカの大学と大学院に通っていたが、その間はずっとオメガの祖父と二人暮らしだったという。祖父はとても厳しい人で、ホームシックではなく祖父が怖くて泣いた夜が数え切れないくらいある。と公平は笑った。

けれど公平は「自分が外国で羽目を外さず勉強に専念できたのは、全くもって祖父のお陰です」とも言った。

公平の祖父は、彼に「相手が誰であれ、人の体に触れる時は必ず許可を得ること」「努力が実る環境にあぐらをかかないこと」「平等と公平を履き違えないこと」そして、ノブレスオブリージュ——持てる力の全てを、持たざる者のために使うこと。を徹底的に叩き込んだようだった。

それを聞いて学は「安斎公平は、オメガである彼の祖父が夢想し作り上げた理想のアルファだ」と感じ、いつか公平の祖父に会ってみたい。と思った。

ホットチョコレートがなくなった頃、天気が崩れて月が見えなくなった。部屋の灯《あか》りを点けようとした公平を止めて、なんと言って伝えたものか迷いに迷い、結局、

「お前と、セックスしたい。……だめ?」

と尋ねた。

「……すごい」

月明かりの消えた暗がりの中、公平は自分のパーカーの裾《すそ》を摑《つか》んでいる学の手を握る。

「俺も今、同じこと考えてました」

「嘘つけ」

「嘘じゃないです」

「嘘だね。……だって今、あんまり匂いしない」

断られはしないだろうと思っていたけれど、それでも真正面から交渉するのは死ぬかと思うくらい緊張したし恥ずかしかった。少し前に比べて、公平があまり興奮していないように感じたからだ。

「あ……それはたぶん、その」

公平は少し恥ずかしそうに言葉を濁し、けれどそっと、学を腕の中に抱き寄せた。

「ホットチョコレート作ってくれてる間に、薬飲んだんです。頓服《とんぷく》のやつ」

「は？　なんで」

「昨日は、興奮しすぎてひどいことしちゃったから……」

まだ気にしてたのか！　と少し驚いた。けれど顔は見えずともその声色から公平が心底しょぼくれているのが分かって、異様にときめく。

「そ、そんなの……しょうがないじゃんアルファなんだから。大丈夫。俺は分かってる」

「全然しょうがなくないし、善行さんが大丈夫でも俺は全然大丈夫じゃないです」

そう言って公平は学の言葉を遮り、腕の中に抱き寄せた学を力任せに押し倒した。

「うわっ⁉」

と思わず声を上げ、目を瞑《つぶ》る。キスでもされるかと思ってじっとしていたものの公平はいつまで経っても触れてこず、不審に思って目を開けた。公平はそんな学をひどく悲しそうな顔で見下ろしていて、ますますわけが分からない。

「……誰だって、好きな人のこんな怯《おび》えた顔なんか見たくないですよ」

「お前がしたんじゃん……」

「そうですよ。俺がしたんですよ。分かってくれない！　と思って、かっとなってやりました。……すげー後悔してます」

公平は学の胸の上で俯《うつむ》き、泣きそうな顔で学の顔にかかる前髪を払った。額に触れた指が氷のように冷たくて、薬を飲んだと言う割には——昨日ほどではないにしても——それなりにフェロモンが出ているのが分かる。

「……にんじんも明太子も、本当にキライです。だから弁当箱開けた瞬間、正直言うとうわっ、まじか。って思ったんです。……でも普通、好きな人の手料理って食べたいじゃないですか。どんなに苦手な物でも、アレルギーでもない限り」

「いや、それは人による——」

「俺は食べたいんです。だから食べたんです。弁当箱を開けた時の俺も、昨夜《ゆうべ》の俺や今の俺と同じようにあなたのことが好きだったから。……触れてなくても離れてても、同じように好きだったから！　だから……」

公平が苦しそうに言い募りながらも動けないでいるのに気づき、学は両腕を伸ばして公平を受け入れる体勢を作った。公平はそんな学をおっかなびっくり抱きしめて、甘えるように胸元で吐露する。

「――俺は、心であなたと抱き合いたいんだ」

ときめきすぎて息が止まった。夢なら覚めるな！　時間よ止まれ！　と強く思った。

人の胸に縋《すが》りつき、めそめそした涙声でそんなことを言う公平は、全然かっこよくもアルファらしくもない。こいつ、モテないだろうなあ。と思うと可笑しくて、笑いを堪《こら》えるのに苦労する。

けれど学は、そんな公平だからきっと好きになった。オーダーメイドしたみたいに体がぴったり重なる人間の、性格までをも「愛《いと》おしい」と思える偶然。それは、もしかしたら運命と呼んでもいいのかもしれない。

出会ってまだ、たったの二日。顔を突き合わせて話をしていた時間は、たぶんやっと十二時間を過ぎたところ。それなのに、相手のことをろくに知りもしないのに好きだとかなんだとか。ちゃんちゃら可笑しい。頭がバグっているとしか思えない。

けれど、それがなんだって言うんだろう。出会うべくして出会った。きっと、ただそれだけのことだ。

「……公平。いっこだけ、訊いていいか」

心音を聞くように学の胸に耳を当てていた公平が、学の声で頭を上げる。

「今日の弁当……ほんとに美味かった？」

学がじっとその目を見つめて尋ねると、公平はにわかに眉を寄せて視線を泳がせた。

「も、もちろんです！」

「本当に？　嘘ついてない？」

「明太ささみチーズは……美味しかったです……」

「キャロットラペは？」

「鼻つまんで食べました……」

気まずそうに白状した公平があんまり愛おしくて、たまらずその頭を両手で撫《な》でて首元に抱きついた。

「ぜっ、善行さ――」

「好きだよ。公平。明日はお前の好きなものを作る。何が食べたい？」

耳元でそんなふうに打ち明けると、公平はぶるりと一度体を震わせてから学を強く抱きしめる。

「たまごのサンドイッチ、お願いします！」

「え、そんなんでいいの？」

「マヨネーズたっぷりで！」

嬉しそうに声を弾ませた公平が、唇ばかりを見ているのに気づく。彼の流儀に則《のっと》って
「きっ、キス、して」と口に出してみたけれど、まだ恥ずかしさが先に立って上手く言えなかった。

何度もキスを繰り返しながら、一枚また一枚と服を脱がせ合う。唾液《だえき》はチョコレートの味がして、抱き合うと肌からはお互いのフェロモンと春の夜風が混ざった匂いがした。

甘やかで刺激的な公平の匂いを胸いっぱいに吸い込むと、頭の奥がじんわり痺《しび》れて目眩《めまい》がする。全身が愛しい気持ちの塊になって、触れられた場所からチョコレートみたいに溶けてくっついてしまうような気がする。

「あっ――あ……」

うなじに息がかかり、噛まれると思った。けれど公平はフィルム越しに恭しく口づけを落としただけで、舌を這《は》わせることさえしない。

「こう、へ――」

もどかしい感触に、名前を呼ぶ声が震える。優しく触れようとしてくれているのが嬉しい反面、刺激優先のジャンクな行為しか知らない体は我儘《わがまま》にうねる。

「善行さん。……すごく、きれい」

下着越しにお互いの男性器が触れ合うと、公平は学の肩を少し押して後ろに両手をつかせた。そして下着の上から学のものを摩《さす》りながら情熱的なキスをして、その唇で今度は胸の先を吸う。

「あぅっ……あ、こ、公へ……それっ」

「……気持ちいい？」

艶《つや》を孕《はら》んだ低い声で聞かれると、それだけで達してしまいそうなほど燃えた。何度も頷きながら「もっと」と吐息で答えると公平は黙ったまま嬉しそうに微笑んで、もう一方も同じように唇と舌で弄ぶ。

「あ、あっ、いいっ、そこだけで、いきそう……」

やがて前のめりになって学を胸の下に組み敷いた公平は、手と口とで懸命に学の両方の乳首を愛撫《あいぶ》した。彼の口の中で、指先で、自分の体が形を変えていく。寝ながらだってやり過ごせるほど繰り返されてきた行為が、どうしてか今初めてするみたいに心もとなくて恥ずかしい。

学は不意に前夜のこと――公平が学の頭を押さえつけ手を引き剝《は》がし、首筋を嚙んだ時のこと――を思い出し、怖くなって公平の頭を搔き抱いた。そして黙ったまま、その黒くて硬い髪にキスをする。

この稀有《けう》な男が、二度と暴力的な本能のまま自分を裏切ることがありませんように。

そんな祈りを込め、学は何度もその髪にキスをした。公平はやがてくすぐったそうに顔を上げると、にこにこ微笑んだまま学の唇を奪い下着に手をかけた。

「……触っても、いいですか？」

耳元で強請《ねだ》るように訊かれ、ただ頷く。公平はまた口づけを繰り返しながら学の下着を下ろし、大きな掌でそっと包んだ。

「うぁっ」

雫《しずく》の浮かんだそれに触れた指が冷たくて、一瞬体が強張《こわば》る。

「ごめんなさい。強かった？」

公平もその手をにわかに震わせて、気遣わしげに学の顔を見た。

「だっ……大丈夫。ちょっと、冷たくてびっくりしただけ」

「すみません。末端冷え性で……」

「謝んなくていいよ。そのうち嫌でも温まるし。熱いくらいにさ」

心配そうな顔をしている公平の鼻先を啄《つい》ばみ、続きを促した。公平は一度自分の両手にはあーっ、と息を吹きかけてから、生まれたての子猫でも触るみたいにそっと同じ場所に触れる。

「はっ……あ、あっ――気持ちいい、よ……温かい」

学が切れ切れにそう伝えると、公平はやっと少し安心したように息を吐き、のびのびと学に触れた。現に、氷のように冷たかった公平の手はもう学のそれと一つになったみたいに温かい。

「あっ、あぁっ、それっ――そ、な……あ、だめっ、だっ……っ！」

公平は学の体のそこここに口づけながら陰茎を愛撫し続け、やがてその先端にもキスをした。唇で敏感な場所を刺激され、反射的に腰を引いてしまう。

「……いやだった？　気持ち悪い？」

左右に大きく開いた脚の間で、公平は大真面目な顔でそんなことを学に尋ねる。それが彼のポリシーなのは理解しているつもりだけれど、こうも徹底されていると恥ずかしいことを言わされているような気になる。

学はひとまず首だけ横に振って、枕《まくら》へ腕を伸ばし自分でそれを腰の下に入れた。

「――嫌な時は〝嫌だ〟って言うし、やめて欲しい時は〝やめろ〟って言うから。いちいちオロオロしなくていい」

「え……じゃあ〝だめ〟は……？」

「続けていい。むしろ続けて。俺、たぶんイイ時に〝もうだめ〟って言っちゃうから」

そう言って学が再び両膝《りょうひざ》を立てると、公平は「分かりました」と小さな声を震わせて学の膝の裏に手を差し込んだ。

「わっ⁉　ちょっ——え、あっ、あぁ⁉」

そしてそのまま脚を大きく左右に開き、中心で反り勃《た》っているものを口に含む。学の陰茎は公平の唇に、舌に弄ばれ、ますます張り詰めていく。

「あ、あぁっ、それっ、気持ちい……あ、あっ、だめ、いいっ——はぁっ、あっ」

学が頭を振って声を上げると、公平はますます興が乗ったように音を立てて学のものに舌を這わせた。そして手では後ろの性器も弄《いじ》り、そこから染み出してくる粘液でもぐちゃぐちゃと音を立てる。

「うぁ、あ、はぁ——っ、あぁっ、あ、公へ……ひぁっ、そこっ……」

公平が、学の中でその長い指を曲げる。そうしてきゅっと押された部分にたまらなく感じて、下肢に力が入る。

「——ここ、いいですか？」

公平は一度口の中から学のものを出し、舌なめずりで口の周りを拭《ぬぐ》いながらまた指の腹でその部分を刺激した。

「ああっ⁉　いいっ！　あ、あ、そこっ、もっと……ああっ！」

「善行さん、可愛い……」

陶然とした声で言いながら、公平は学の中を掻き乱すための指を増やす。自分のそこが尋常でなく濡れているのが学にも分かった。

「あ、あ、だっ……だめだっ、出るっ！　ティッシュ、ティッシュ取って！」

再び学の陰茎を口に含んで責め立てる公平の肩を叩き、涙ながらに懇願した。公平はそんな学の様を認めて目を丸くし、慌てた様子で学自身を解放して身を乗り出してヘッドボードへ腕を伸ばす。

「あっ、ああ……っ！」

間一髪、間に合わなかった。絶頂した学の陰茎は「びゅっ」と音が聞こえそうなほど勢いよく精液を噴き上げ、学の体と、ティッシュの箱を持った公平の顔を汚した。

「ごっ――ごめん……が、がまん、できっ、できなかったあ……」

そう言っている間にも、学のそこはびくびくと腰ごと震えながら白く粘ついたものを出し続けている。両手で覆って隠してはみたけれど、指の間からじわじわ外に広がっていくのが分かってかえって惨めだった。

人を孕ませるようなことなんかしたことないのに、出すものだけは一人前以上のいやらしい体。自分にそんな烙印《らくいん》を押したのは誰だったかなんて、男だったか女だったかすらもう覚えてもいない。

けれどその言葉だけはなぜかずっと覚えていて、こんなふうに失敗するたびに「こんなにだらしなくて、どうしてこの先まともに生きていけるだろう」と泣き暮れた時の不安が蘇ってきて涙が止まらなくなる。

「謝らないで。俺の方こそ、気づいてあげられなくてごめんなさい。……でも、大丈夫。拭《ふ》けばいいから。ね？」

と言って公平は、引き抜いたティッシュでまず学の手を拭いてくれた。それから涙を拭いて、体を拭いて、最後に自分の顔にかかったそれを思い出したように指で拭ってぺろりと舐《な》めた。

「……そんなもん舐めるなよ。汚いな」

学は思わず起き上がって言ったものの公平はどこ吹く風で、使ったティッシュを両手で抱えて立ち上がった。

「別に汚くないでしょ。ツバとどう違うんです？」

「どうってお前……」

「同じ体液ですよ。ツバも、汗も、精液も。……ああでも、味は違うか」

公平は抱えたティッシュをデスク横のゴミ箱へ捨て、ベッドの上へ戻ってくると背中から学を抱きすくめる。

「なんにも汚くないですから。キスと一緒です」

「バカ、お前、もし俺がなんか変なビョーキでも持ってたらどうすんだよ」

「持ってるんですか？」

すっとぼけた声で言いながら、公平は真横から学の顔をじっと覗き込んできた。

「……持ってないけど」

「ですよねー。知ってます」

そう言って公平は学の頰《ほお》にキスをして、そのままゆらゆら左右に揺れる。腰のあたりで彼のものがぐぐぐ……と硬くなるのを感じ、学は尻《しり》の居場所を変えながら振り返って公平の顔を見た。

「……ゴム、どこ?」

「え、大丈夫ですか?　続き」

「嫌ならいいけど」

「いえいえ。こちらこそ、善行さんがお嫌でなければぜひ」

なんてあまり色っぽくはない言葉を重ねつつ、公平は下着を脱ぎ、学は自分のサイズのコンドームをパンツのポケットから出してきた。

「あ……あったんですね。ご自分の」

それを認め、公平はデスクの引き出しから持ってきた二つのコンドームのうち一つをヘッドボードへ放る。

「なんか、つけるタイミング逃しちゃって……ごめん」

「いや、ほんとにそれは、こっちこそって話で……最初に訊けばよかったです。今度からそうします。あ、すいません。ちょっと手元怪しいんで、灯り点けますね」

少し落ち込んだような声でそう言って、公平はヘッドボードに付いている読書灯のスイッチを入れた。背中を丸めた影が二つぼんやり天井に映し出されて、少し間抜けだ。

「……できた？」

「すいません。もう少々お待ちを……はい。おっけーです」

「じゃ、電気消すよ――」

と読書灯のスイッチに手を伸ばしたものの、先に公平の大きな手がそこを覆う。

「――灯り、点けたままじゃダメですか？」

公平は少し恥ずかしそうに、けれど明らかに甘えたような声音で発した。もしかしたら彼は、初めからそういうつもりで灯りを点けたのかもしれない。

「……いいよ。じゃあ、このままましようか」

学がそう答えてスイッチから手を引っ込めると、公平は我が意を得たりとばかりに口角を上げた。やっぱりそういうつもりだったか。と学は確信したが、言わないでおく。

「好きです。善行さん」

読書灯の薄明かりの中。公平は学の泣き腫《は》らした赤い目を見て愛を囁く。

「――うん。キスして。公平」

答えの代わりにキスを強請る。少しずるいかな。と思いはしたものの、今は言葉よりも体温の方が気持ちが伝わる気がする。

目を閉じるとすぐに唇が重なり、学は公平の手を引いて自分から横になった。公平もまた心得たとばかりに学へ覆い被さり、深い口づけを続けながら片手を下肢へ運ぶ。

「あっ、はぁ――っ」

「善行さん。大丈夫？　痛くない？」

時間を空けたせいかそこは少し乾いていて、公平は心配そうに学の目を見て優しく髪を撫でた。

「……大丈夫。たぶん、すぐ濡れてくるから」

「もし辛《つら》かったら、絶対言ってくださいね。いつでもやめますから」

「ん……ありがとう。大丈夫」

学がそう言って目を閉じると、公平はまた慎重に学の体を解《ほぐ》しながら首筋にキスを落とした。乱暴に嚙みつくようなそれでなく、羽根で撫でられるような優しくももどかしい感触はやっぱり新鮮で、気を抜くとまた泣いてしまいそうになる。

青天の霹靂《へきれき》だ。アルファがオメガをこんなに優しく抱けるだなんて、学は全然知らなかった。

マッサージと同じで、どんなふうにされてもセックスは大抵気持ちいい。けれど今夜の公平のやり方を知ってしまった今となっては、これまで自分がされてきたことや受け入れてきたことの全てが不憫《ふびん》で情けなくてあまりに惨めだ。

これが愛で、これが運命なら、辛い。学にはもうこれまでの自分の人生を、幸せだと思っていたものや徒労の中からそれでも勝ち取ってきたと思っていたものを、どうやって肯定すればいいのかが全然分からない。

「んっ――公平……も、もう、いい……」

「……いい？　挿《い》れていいってこと？」

「うん……でもごめん。やっぱり電気、消して」

学がそう言うと、公平はすぐに読書灯を消してくれた。抱きついてキスを強請り、脚を開く。公平は学から乞《こ》われるままに一度深い口づけをして、そのあと少しだけ学の腰を持ち上げてその場所に自身を押し当てた。

「はぁ、あ、あぁっ――」

「んんっ……善行、さん……すごい、気持ちいい……またすぐ、いっちゃいそう……」

公平は時折息を詰まらせながらそう言って、ゆっくりと学の中に入ってきた。あんまりじりじり入ってくるものだから焦《じ》らしているのかと思ったけれど、切羽詰まった顔で額に玉の汗を浮かべているので、本当にいきそうなんだな。というのが分かった。

「んっ――公平……いって、いいよ。俺は、もう、十分――」

「いやっ、それは……ちょっと、勿体無《もったいな》いって、いうか……」

「あっ、あ――っ、うぁっ!?　あっ、はぁっ、ああ！」

公平は荒い呼吸を繰り返しながら学を強く抱きすくめ、その先端をぐりぐりと体の奥に押しつけてきた。奇跡みたいな快感と温《ぬく》もりに嬌声《きょうせい》が上がる。

「こっ、こうへ……それ、だめっ、あ、あぁっ、きもち、いいっ、あっ！」

「うんっ……俺も、気持ちいい……」

「んっ、うん………はっ、あぁ……」

耳元で囁かれ、中からの快感とその嬉しそうな声とでまたいきそうになった。コンドームの中が狭くて痛いくらいそこが張り詰めて、たぶん公平のへそのあたりに擦れたり揉まれたりして気持ちいい。

「あっ、あ、ああっ、こう、へ……ああっ！　あっ、いいっ、すご……んっ、んぅ――」

公平は学の唇や舌をしゃにむに食《は》んで、夢中になって腰を振った。彼の大きなものが出たり入ったりするたびに気持ち良くて、学も夢中になって体をうねらせた。

湯煎《ゆせん》で溶かされたチョコレートが一つの型で冷えて固まるみたいに、このまま一つの塊に戻れたらいいのに。なんて思う。もともとはそうだったとしか思えないくらい、やっぱり公平の体は窪んだところも出っ張ったところもぴったり嵌《はま》って気持ちいい。

「あ、あっ……――やばい。ほんとに、いきそ……」

公平が声ならぬ声で囁くとともに、彼の性器の根元あたりが学の胎内で膨らんだ。

「んっ……いいよ。イって――中でいっぱい、感じたい……」

「善行さんっ、ごめんなさい、ちょっと、ちょっとだけ……痛くしないから……ちょっとだけ——かじっちゃ、だめ……？」

公平はこれ以上はないというくらい情けない声で早口に言って、学の肩口に口づけをしてそこを吸った。痺れるような快感の中でそんなふうに「お願い」されて、突っぱねられるわけがなかった。

「んっ……痛く、しないなら——っ！」

肩口の皮膚を吸っていた公平は学が言い終わるより先に首筋に歯を立て、猫の子がじゃれるようにそこを食みながら学の中で絶頂する。

「あ、あ、あああっ、いい——っ！」

繋《つな》がり合った部分を公平のぐりっとした亀頭球に刺激され、首筋を甘噛みされて、学も声を裏返して喘ぎながら達した。

自分の出したものが、コンドームの中で生ぬるくて気持ち悪い。けれどそれ以外は体じゅうのどこもかしこも気持ち良くて、あんまり気持ちいいので動けそうにない。

「はっ……はぁっ……はぁっ……——なんか、すっごい……いっぱい出ちゃいました」

公平は学の体を鞘《さや》にしたまま顔を上げ、少し照れながら言った。

「うん。……俺も」

短く言って頷くと、公平は少し視線をずらして学の下腹部に目をやり少し瞠目《どうもく》した。

「……もしかして今も出てます？」

「うん——今もまだ、気持ちいい……」

溶けて無くなる寸前の意識でどうにかそれだけ答えて、学は瞼を下ろした。たった二回の射精で終えるセックスとは思えないくらい疲れた。けれど、今までしてきたどんなセックスより良かった。これができた。それだけで、一生事足りるくらいに。

＊　＊　＊

朝は公平のセットしたアラームで一緒に目を覚ましたが、裸のまま寝落ちしたはずがしっかり自分の下着と公平の部屋着らしいルームウエアの上下を着せられていた。

起き抜け、隣に寝ていた公平は、

「朝方はまだ冷えますから。……ちょっと大きかったですね」

なんて言って照れ臭そうに余った袖を折ってくれたりなんかしたので、萌えすぎて発情期が来たかと思った。

というか実際、そろそろ発情期なのだ。この家では大体いつも、和馬を皮切りにして二、三日のうちに百恵、学と順番に発情期が始まる。公平の休みはカレンダー通りの週末と祝日なので、デートは今週末とはいかないかもしれない。

そんなことを考えながら自分の部屋へ戻ってシャワーを浴びる支度をしていたら、階下から「ぎゃーっ！　楠田さん‼」という公平の叫び声が聞こえてきた。

「なになに⁉　なんの騒ぎだ⁉」

慌てて部屋を飛び出し回廊からリビングを見下ろすと、寝巻きのままうつ伏せに倒れている百恵の横で公平が膝をついていた。

「善行さん！　携帯！　救急車‼」

しかし次の瞬間。ゾンビ然とした百恵は慌てふためく公平の膝を掴み、何事か彼に言付ける。学は一旦自分の部屋へ引き返し、ブランケットとカイロを持って下りた。

「ねーさん。大丈夫？　ちょっと寒いか。カイロ使う？」

学が肩からブランケットを被せると、唇を紫色にした百恵は「かたじけない……」となぜか武士のような口調で言った。

「……気持ち悪っ」

かと思えばやおら口元を押さえて立ち上がり、産まれたての仔鹿《こじか》のような足取りでトイレに駆け込む。ドアを閉める余裕もなかったんだろう。長い嘔《え》吐《ず》き声がリビングまで聞こえてきた。

「発情期——ですか？」

公平は、今にも貰《もら》いゲロしそうな顔をしている。

「だな。……公平、ラット大丈夫？　俺が言うのもなんだけど、発情期入ったあの人のフェロモンだって相当だろ」

「――あ、はい。それは、大丈夫みたいです。なんだろ。相性かな……え、っていうか、あ、あんななります!?　湯本さんは全然元気でしたけど!?」

「人それぞれだから、外であんまりそういうこと言わない方がいいよ。……お前、あんま時間ないよな？　ケンさん起こしてきた方がいいかも。あの人確か今日は遅番だから」

動揺してつい口が滑ったんだとは思うが、切り返しがついきつくなってしまった。が、実際今のはちょっと頂けない。

学にきつく言われた公平は自分の軽率な発言をしょんぼり猛省し、二階に健を起こしに行った。その間に学は百恵が発情期にいつも飲んでいる黒糖しょうが豆乳を作り、命からがらトイレから戻ってきた彼女に出してやる。

「ううう善ちゃん……いつもすまないねえ」

百恵はリビングのソファで学の差し出したマグカップを抱え、青ざめた顔でそれに口をつけた。

「おっかさん。それは言わねえ約束だよ」

「誰がおっかさんじゃい」

「いや今のはフリじゃねえのかよ」

そんな軽口を叩き合っているうちに少し気分も良くなってきたのか、百恵の頬にも赤みが戻ってきた。

「今日、会社は？」

「休暇申請してある。――カミラが昼の便で成田に着くんだ」

「あちゃー……間一髪間に合わなかったってか」

「そーなの！　腹立つわー」

と言って百恵は湯気で曇ったメガネを外し、口を尖《とが》らせた。

百恵の妻・カミラは毎月、パートナーの発情期に合わせて来日する。そして百恵が発情期の間は二人でホテルに籠《こも》り、ペアリングに挑むのだ。

そのため彼女がこの家でアルファの世話になるのは突発的な発作を起こした時や、今朝のように運悪くタイミングがずれてしまった時に限られる。とはいえ百恵は仕事が激務なこともあり、不摂生をしがちで発作も多い。

「……今月はできるといいねえ。ペアリング」

学がサンドイッチのために卵を火にかけながら言うと、百恵は「そーね」と気の無い返事をしてから続けた。

「でも、難しいんじゃないかな。初日の朝イチが一番確率高いらしいよ」

「そんなの迷信だよ。セックスなんか大概夜にやるもんじゃゃん」

「それにやっぱ、経験人数多いと反応しないこともあるって。病院で言われた」

「なんだよそれ。その医者、無神経すぎねえ？　言い方ってもんがあるだろ」

そうして学が憤りを露《あら》わにしながらリビングへ顔を出すと、百恵はそんな学の顔を見て逆に笑い、メガネをかけなおした。

「遠回しにされるよりはいいよ。私たちの〝運命〟はとっくに期限切れだけど、つがいになれなくてもカミラが私の〝運命の人〟であることは変わらないんだし――」

と言いながら、百恵はまた辛そうに下腹部を押さえて「うぐぐ……」と唸り声を上げて背中を丸めた。そこへちょうど二階からアルファ二人がばたばたと下りてきて、気遣わしげにソファへ駆け寄る。

百恵は「せっかく嫁が来るのにフェロモンが勿体ねえ……っ！」と言って、しばらくリビングにうずくまっていた。けれどとてもではないが外出できる状態まで回復する見込みが立たず、不承不承といった風情で健に抱えられて自分の部屋に引っ込んでいく。

ややすると百恵の部屋からは悩ましい声がひっきりなしに聞こえてきて、シェアハウス生活三日目の公平を大いにたじろがせた。

「なんか……やっぱり切ないですね。最愛の人と離れて暮らさなきゃいけないって」

ダイニングテーブルに自分と学の朝食を配膳《はいぜん》しながら、公平は複雑な顔でそんなことを言った。

「善行さんだったら、どうします？」

「えー？　どうって？」

「もし俺がどっか遠くに転勤とかになったら」

うわ、さっそく彼氏ヅラかよめんどくせえ……と心の底から思い、実際ちょっと顔も引きつった。台所に立っていて公平からは死角なので事なきを得たが。

「いやーまーでもー、俺の仕事はわりとどこでもできるからねー」

しかしタッチの差で、すれっからした本音よりも先にフェロモンにやられてバグった方の言葉が口先に上る。

するとそこへ、公平がカウンターを乗り越えにゅっと顔を出した。

「それって、どこでもついてきてくれるってことですか⁉」

「やめろって危ないなあ！　こっちは包丁使ってんだから！」

再度きつく叱《しか》られて、公平はまた「すみません」と肩を落として引っ込んでいく。フェロモンも顔も性格も大体タイプだが、ちょっと夢見がちで能天気で声がでかいところは玉に瑕《きず》だ。

「っていうか、そういうお前はどうなんだよ」

切り落としたサンドイッチの耳をつまみ食いしながら、学はカウンターパンチのつもりで訊き返した。

「例えばお前がメキシコ、パートナーが日本で暮らすことになったとしてだ。カミラみたいに毎月日本に通える？」

「もちろん。っていうかそれ以前に、俺だったらまず離さないです。あなたのこと」

そう言った公平の顔は学からは見えなかったものの、声色からはとんでもない得意顔が連想される。

「――ふうん。言ってくれるじゃん」

けれど、昨晩「月が綺麗ですね」と言われた時とは違ってあまり可愛くない。

「じゃあ、もしお前が研究のためにどうしても何年かNASAに行かなきゃならなくなったとしても、俺が『アメリカ行くのは絶対に嫌だ』って言ったら研究は諦めるんだ」

学がそう言いながらサンドイッチを詰めたフードパックの袋をテーブルに置くと、公平はきょとんとした顔で学を見つめ返した。

「そう言うことじゃないの？『離さない』って」

「……その発想はありませんでした」

それが本性なのか、それとも油断しているだけなのか。あるいは、油断しているからうっかり本性をぶちまけてしまっているのか。

それは杳《よう》として知れないが、とにかく。どうやら公平には〝そういうところ〟があるみたいだ。が――。

「うわ、だっせえ……そうですよね⁉　なに当たり前に自分の都合だけ通そうとしてんだって話ですよ！　俺にはそういうところがある！　めちゃくちゃダサい‼」

「でも、言われてすぐに気づくところは良いと思う！　ダサくない‼」

一を指摘すると十どころか百くらいまで瞬時に反省できるところは、公平の可愛いところだ。そして、そういう可愛いところを見せられると学はすぐにバグる。

「言っても分かんないヤツの方が全然多いからさ。言って分かってくれるなら全然いいよ。……でもまあ、ドヤりたくなった時は一呼吸置いてから喋った方がいいかもな」

「え？　俺、おかしなこと言ってる時ってドヤ顔なんですか？」

「気づいてなかったとは驚きだ」

学がふざけてぎょっとしたような顔をすると、公平は「そんなにですかね……」と苦笑いで頭を掻いた。アルファの男が自信なさげにしているところが見たいがために、公平をからかっている節は否めない。これは自分の悪いところ。という自覚は、一応ある。

それにもしかすると、別に反省してもらわなければならないようなことなど何もないのかもしれない。

確かに公平の考え方は時々学のそれとは嚙み合わず、もし一緒に生きていこうとするならとんでもない苦労をすることもありそうだ。けれどその気がないのなら、そこへ踏み込んで何かを言うのはかえってマナー違反というものだろう。

「……まあいいや。これ、サンドイッチね。たまごサンドだけっていうのもちょっと寂しいから、あり合わせで申し訳ないけど適当に挟んどいたよ。キャロットラペ以外」

「わあ、ありがとうございます！　お昼が楽しみです」

そんなことを言ってにこにこ目を細めている公平は、素直に可愛いと思う。気に障るようなところなんか一つもない。こういう上澄みの部分だけ楽しむのが一番賢い。芯《しん》の苦いところまで食べようとしなくていい。

善行学にとって、これはきっと運命の恋だ。そこに疑いを挟むつもりはもはやさらさらない。しかしオメガバースに生まれたからには、運命なんてものは中指立てて抗《あらが》ってなんぼの存在である。

運命の恋は楽しい。いい匂いがして、甘くて美味しい。肌を重ねるとびっくりするほど気持ちがよくて、その上きっと体にもいい。

けれどアルファバースは学から純情を奪った。夢も奪った。挙げ句の果てに、のたうち回りながらもどうにか身につけてきたなけなしの自信と尊厳さえ奪った。

公平にしてみれば、やはりこれは完全なる「とばっちり」だろう。けれど学は、この運命にだけは絶対に屈するわけにはいかないのだ。

三、ウンメイじゃないんだ

「ごめん。公平——きちゃった」

　と申し訳なさそうに善行から言われた公平は、たぶん鳩《はと》が豆鉄砲を食らったような顔になっていた。土曜の夕方、リビングで雑誌を読んでいた時のことだった。

「え……いや、謝ることなんかひとっつもないですけど……とっ、とにかく、一度病院に行きましょう！　俺も一緒に行きます！」

「それは今行ってきた。ひとまずいつも通り、家でおとなしくしてろって」

「あ、そ、そうなんですね……そっか……うん。——産んでください。幸せな家庭を築きましょう」

「は？　何言ってんの？」

　一世一代のプロポーズは、見ている方が引いてしまうほどの怪訝な顔で一蹴《いっしゅう》された。

「……え？」

「発情期！　来ちゃったっつってんの。一週間は続くだろうから、デートは明日じゃなくて再来週にしてくれるとありがたいんだけど」

怪訝な顔でそんな話をしている善行は、確かに少し熱っぽい。

「あ、あー……なるほど。そういうことですね。了解です。あーびっくりした。イメトレは万全のつもりでしたけど、実際言われるとフリーズしちゃうなーやっぱり」

「実際も何も単なる空耳だろ……っていうか、デキちゃうようなセックス誰ともしてねーし。お前、結構モーソー激しいとこあるよな」

「そういう善行さんは、口ではツレないこと言いつつも甘えてくれるんですね」

公平がそう言ったのはほかでもない。彼は上着を脱ぎながらソファへ直行し、公平の膝の上に頭を預けて体を丸めたからだ。

「悪いかよ。フェロモンの相性いいから、お前にひっついてると落ち着くんだよ。しょうがないじゃん発情期なんだから」

不機嫌そうに、けれど照れ臭そうに赤い顔で、しかも倍増しのフェロモンを迸らせながら膝の上でそんなことを言われて、正気なんか保てるはずがなかった。

「全然悪くないです。むしろ、頼ってくれて嬉しいです。……あの、し、します？」

普段のセックスであれだけ気持ちよくて、発情期ってどうなっちゃうんだ……と思わず固唾《かたず》を飲んだ。けれど善行は、公平の膝の上にぐったりと頭を預けている。

「今はしんどい。ちょっと休ませて」

「あ、はい。すみません」

「ちょっと休んだら……したい……けど……──」

むにゃむにゃと小さな声で何事か言いかけながら、善行はそのまま公平の腕の中で眠りに落ちた。

閉じた瞼は雪のように白く、まつげは黒々と濃くてくるんと長い。ほんのり上気した頬は桃色で、唇はサクランボのように赤い。お妃どころか、白雪姫まで嫉妬《しっと》しそうなほどの美しいひと。

したい、けど……──その続きは？　キスをしたら目を醒《さ》ますだろうか。でも、無防備な可愛い寝顔もずっと見ていたい。

「──ちょっと。イチャイチャすんなら部屋でやってくんない？」

同じく発情期で練習を休んでいる湯本が二階から下りてきて、呆《あき》れたように発した。

「すみません。善行さん、病院から帰ってくるなり寝落ちしちゃって……」

「あ、始まったんだ。……その人、発情期の間ずーっと寝てっかんね。ヤってる時もほとんどマグロだってさ」

湯本は少しからかうような口ぶりで言いながらキッチンへ向かい、冷蔵庫からヨーグルトの紙パックを出してきた。彼は発情期の間、ずっと同じ銘柄のプレーンヨーグルトばかりを食べ続けている。

「ま、まぐろ……っ!?　え、な、なんで湯本さんが知ってるんです!?」

「安斎くんと入れ違いで出てった人が言ってた。マグロだけど、スイミンカンはまあまあ興奮したって」

公平は彼が口にした〝スイミンカン〟を咄嗟《とっさ》に頭の中で変換できなかったものの、それが〝睡眠姦〟と結びついた瞬間に猛烈な憤りが腹の底から湧《わ》いてきた。

「とんってでもない奴がいたもんですね！　寝てる人相手にそんなことするなんて、どういう神経してんだよ」

「うん。俺も流石《さすが》に引いたけど、善さんは『寝てる間に済んでるのはラクでいい』って言ってたよ。……それもちょっと分かるんだよね」

湯本は気だるげに紙パックの内蓋《うちぶた》を開け、蓋の裏についているヨーグルトをスプーンで刮《こそ》げながら続ける。

「俺らって、気持ちは全然したくなくても体にはセックスが必要って時があるから。そういう時に頭下げてチンコ突っ込んでもらわなきゃなんないの、やっぱめちゃくちゃ憂鬱《ゆううつ》だもん。そりゃ寝てる間に全部済んでたらラクだわ。……だから、もしかしたらそういう防御反応なのかも」

言われて気づいてはっとした。いくらフェロモンには催淫効果があると言っても、体調管理のためと割り切っていたって、そうそういつも気持ちを作って抱き合えるわけなんてないのだ。

きっと嫌なこともあれば、悔しい言葉をかけられてしまうことだってあるだろう。それでも彼らは特定のパートナーを得たりペアリングをしない限り、そうして生きていくほかにないのだ。

「……なんか、やっぱり、優しくしてあげなきゃダメだな。オメガの人には」

そんなことを考えているうちに無性に悲しくなってきて、公平はすっかり熟睡している善行の髪を撫でた。心を許し、安心してこうして膝の上で眠りに就いてくれているのだとすれば、その信頼は絶対に裏切ってはいけないものだと思う。

「気持ちは嬉しいけど、〝オメガの人には〟じゃなくてみんなに優しくしなよ。オメガだからって理由で扱いに差をつけられるの、俺はあんまり好きじゃないな」

「あ、そうか。……みんなに優しいに越したことはないですもんね。気をつけます」

そう言った公平の膝の上で、善行は寝返りを打って寒そうに震えた。

「……ベッドに運んであげたら？　寒そうだよ」

「そうします。ちょっと熱っぽいし」

公平は善行を起こさないようにそっと横抱きにして、慎重に階段を上がって彼を部屋まで運んだ。午睡ならすぐ目を覚ますだろうし。と考えて、服のまま毛布をかける。そのまま部屋から出るつもりではいたものの、彼の体から立ち上る濃くて甘い香りに抵抗することがどうしてもできなかった。

すみません。失礼します。絶対に変なことはしませんので！　と心の中で何度も何度も頭を下げながら、公平はそっと善行の横に潜り込む。すると、善行は公平に引き寄せられるように寝返りを打って胸元に擦り寄ってきた。

本当は起きていて、誘っているのでは？　という不埒《ふらち》な考えを頭から追い出して、その愛くるしい寝顔をただ見つめていた。そうしているうちに自分もうとうとしてきて、いつの間にやら一緒になって寝こけてしまったらしい。どのくらいの昼寝だったのかは分からないものの、とにかく、公平は下腹部に違和感を覚えて目を覚ました。

「——……ぜ、善行さん⁉　何やってんの⁉」

「あ、起きた」

「そりゃ起きますよ！　そんなこと、されっ……てっ——待って待って！　ストップ！」

公平の性器は既に、善行の手の中で大きく膨れ上がっている。なんだか妙に艶《なまめ》かしい夢を見ているなあ。と思っていたら、夢じゃなかった。

「……だめ？」

顔と手を唾液と先走りでべたべたにした善行は、公平のものを両手で抱えながら短くそう発して上目遣いに公平を見つめた。

頭痛を覚えるほどの濃いフェロモンと微熱が彼の目つきをおかしくしていて、ただの夢ならいい夢だけれど、現実となるとなかなか悪夢じみている。

「だめ……じゃ、ないっ、けど……そんな、あ、うぁ……っ!?」

善行は公平の言葉を最後までは聞かずに、その熱を持った昂りへ舌を這わせて先端を咥え強く吸った。

しかし彼は意外と不慣れなのか、見た目のインパクトほど刺激は強くない。公平のそこはもどかしく震え、透明な液ばかりを吐く。

「あ、あっ――……善行さ――」

「なに？　公平。……公平？　大丈夫？」

つい寸前よりもしっかりとした声で名前を呼ばれ、公平は今度こそ本当に意識をしっかり覚醒《かくせい》させた。

「善行さん……」

「今、めちゃくちゃうなされてたけど……夢の中で俺になんか怖いことでもされた？」

寝癖をつけた善行は朗らかに笑っている。自分はしっかりパンツを穿《は》いている。

「いえ……妙に艶かしい夢を見ているなあ。と思ってたら夢じゃなかった……っていう夢でした」

「なんだそりゃ。要するに、エロい夢見てたってこと？」

と言って、善行は毛布の下で公平の下腹部に触れてきた。

「ガッチガチじゃん！」

「恥ずかしすぎる……いっそ殺してください……」

「ははは！　やだよ。俺もしたいと思ってたから、ちょうどよかった」

善行はそう言って少しはにかみ、それからはっと何かに気づいたような顔で公平の目を見つめた。

「勝手に触ってごめん。嫌だった？」

「……ちょっとだけ」

「ごめんごめん。もうしないよ。ちゃんと触っていいかって、訊いてから触る」

彼にしては珍しく殊勝な口ぶりでそんなことを言ってから、善行は改めて公平の耳元で囁いた。

「――直接、触ってもいい？　公平のでっかいやつ、早く挿れたい……挿れてよ。気持ちイイことして欲しい」

情欲に濡れた声でそんなことを囁かれ、危うく声だけで射精しそうになった。現実が夢を軽々と超えていく。

「……もちろん。仰せのままに」

少し格好つけてそんなふうに答えたら、善行は可笑しそうに笑ってから「キスして」と言って目を閉じた。強請れば貰えると思っている。そんな小さな子どもみたいなところがすこぶる可愛い。

当然ながら、実際の善行は夢の中の彼よりも格段に上手だった。彼の冷たい指で、熱い舌で、もともと固くなっていた公平のものはより固くなり、あっという間にコンドームを被せられた。

「あ……そうだ。善行さん。あなたのは、俺がつけてあげる」

とろんとした顔ですぐに跨《また》がろうとした彼を制止して、その手から彼のサイズのコンドームを取り上げた。

「……いいの？」

「もちろん。その代わり、自分で挿れるところ見たいです。……嫌じゃなければ」

興奮した顔つきで公平の手元のコンドームと下腹部のものを見比べ、善行はやがて小さな声で「分かった」と言って自らの手で公平のものをそこへあてがう。

「あ、あ……すご、でっ……か、あ、きもちい……」

「んっ、俺も、気持ちいい……善行さん、すごい。可愛いよ……」

「はぁっ……はっ、あ……はやく、つ、つけて……あ、いっちゃう、かも……」

言葉の通り、彼は心配そうに浅い部分でだけ公平のものを挿れたり出したりした。焦らすようなその動きがもどかしくて、手が震える。

「ちょ、ちょっと待って、一旦ストップ――……よしっ、どうですか？　善行さん。変な感じしない？」

痛くないかな。と心配しながらも根元の方まで膜を広げ、彼の顔を見る。善行は陶然とした赤い顔で自分のものに触れ、うん。と一つ、満足そうに頷いた。

「……ぴったりついてる」

「よかった」

「……突いて。イかせて。おねがい」

掠《かす》れた高い声でそう言って、彼は公平のすべてを咥え込んだ。彼に受け入れてもらった喜びと快感もさることながら、窓から差し込む夕日が退廃的に照らす彼の美しい体に吐息が漏れる。

「……すっごく綺麗です。ここなんか、宝石みたい」

茜色《あかねいろ》に染まった胸の先にそっと触れると、善行は切なげに目を細めて一際高い声を上げ震えながら背を反らせる。

「あっ、ああっ、いいっ！」

「感じてる善行さん、綺麗……もっと、見たい」

「ああっ！　あ、すごっ、あぅ、あっ、も、だめっ――……ああっ⁉」

彼の臀部《でんぶ》を両手で支えて下からぐっと突き上げる。すると、まるでその突き上げに押し出されるようにして彼のコンドームの先に白濁した体液が溜《た》まっていった。あ、あ、と小さく声を上げながら体を震わせている彼が愛くるしい。

「……好きです。善行さん。本当に——愛しくてたまらない」

腕の中に抱きすくめた彼にキスをして、そのまま横たえて一度彼の中から自身を引き抜こうと試みる。

「はっ、はあっ……あっ、いやだっ」

が。善行はそんな公平の腰元に両足を絡みつけてそれを拒み、首元にしがみついて続きを強請る。

「で、でも、ゴム替えないと……」

「いい。このまま……もっと、めちゃくちゃにして……お願い。助けて——」

彼は情欲に耽溺《たんでき》した瞳《ひとみ》で、息を荒らげて身も世もなく公平に懇願した。ぞっとするほど扇情的だが、同時に悲しくもある。

今彼が必要としているのは、きっと「個」としての安斎公平ではない。乱暴に言ってしまえば、体や精神の熱を冷ましてくれるのであれば誰の何だっていいんだろう。けれどほかならぬ彼自身が、そんな自分を誰よりも嫌悪しているに違いない。

「……大丈夫。あなたはとっても素敵な人。恥ずかしいことなんてなんにもないよ」

そう発した公平を煽《あお》り立てるように善行は腰をうねらせ、噛みつくようなキスで公平の口を塞いだ。公平もまたその求めに応えて彼の舌を吸い、発熱し汗ばんだ体を掻き抱いて激しく彼の中を突く。

「あああっ！　すごっ、い、あ、あ、このまま……あっ、壊れる、までっ、して――」

大きく脚を開き、自ら腰を浮かせながら、善行は噎《む》せそうになるほどのフェロモンを迸らせて公平にしがみついてきた。

結局そこで公平もラットを起こしてしまって、気づいた時には深夜だった。無我夢中で下から上から突きまくって何度も射精したことだけは辛うじて覚えているものの、細かいディテールが記憶からすっぽり抜け落ちている。

知らないうちに何かとんでもない粗相をしでかしちゃいないかと怖くなったが、ひとまず彼の体に酷《ひど》い歯型や痣《あざ》はない。シーツもそこまで濡れていなかったので、少なくともその失敗はなかったらしい。

シーツを調べて胸を撫で下ろしていた公平のすぐ横で、ぐるぐるぐる、と犬の唸るような音がした。

「……はらへったあ」

見れば、善行がその薄っぺらい腹を撫でながら薄眼を開けている。そういえば、公平も昼から何も口にしていない。

「なんか、温かいもん食いたくない？」

「そうですね……ラーメン、とか？」

「それだ」

と言って善行は猛然と起き上がり、全裸のままデスクライトを点けてキャビネットから袋めんを二つ取り出した。

＊　＊　＊

素ラーメンでも適当に腹へ入れられれば。と公平は思っていたが、善行が袋めんを塩バターコーンラーメンにしてくれた。

本当のことを言えば、公平はしょっぱいラーメンの中に甘いコーンが入っているのが苦手だ。けれど好きな人がうきうきした顔で自分のために作ってくれたそれが、一瞬で好物に変わった。

「あー……うまい。罪の味だ。夜中にこんなもん食って……」

公平に丼の底を見せては唸り、善行は肩を竦《すく》める。

「でも夕方から飲まず食わずでやりっちぎりだったから……めちゃくちゃカロリー消費したはずなんで、気にしなくていいと思います」

「それもそうか。寝てヤって食ってって、爛《ただ》れてんなー。発情期って感じ」

善行は、そんなことを言ったそばからあくびを嚙んだ。確かに湯本の言う通り、彼はなんだか終始眠そうだ。

「……毎月、こういう感じですか？　発情期って」

「んー？　そうだなー。なんかここ何年か、妙に眠いんだよね。だからまー、食ってる時とヤってる時以外は寝てるかな。ってか、寝ながらヤってる時もあるわ」

　と言って可笑しそうにしている彼が、公平はやっぱり悲しかった。どうしてそんなに自分を雑に扱えるのかが、不思議で不思議でしょうがない。こう言うと彼は嫌がるかもしれないけれど、彼に触れる人間が自分ひとりだけであればいいと思うし、力の限り大切にさせて欲しい。

「……寝ながらは、どうかと思いますけど」

「そう？　じゃあ、公平は俺が居眠りしないように、もっと激しく、して――」

　と言う彼の瞼が、既に落ちかかっている。

「善行さん。ここで寝ないで。お部屋に戻りましょう」

「うん……」

「善行さーん！　起きて！」

「うん……」

　瞼を擦りながら一瞬だけ持ち直したものの、彼は結局箸《はし》を握ったままテーブルに突っ伏してすやすや寝息を立て始めた。世界の全てをシャットアウトするようなその寝落ちっぷりに、少し引く。

そうして寝息を立て始めた彼の体からは、目に見えそうなくらい濃厚なフェロモンが漂い始めた。干からびるんじゃないかというほど彼と交わっていた公平でさえ、目がちかちかしてくるくらいの大量分泌だ。これが外で起こっていたらと思うと恐ろしい。

公平は、食器を片付けてからまた夕方と同じように彼を部屋に運んだ。自分も部屋に帰って寝ようかと思ったけれど後ろ髪を引かれて、また彼の横に潜り込む。

けれど今度は、ムラムラしたからじゃない。なんとなく彼がこのまま起きてこないんじゃないかという気がして、心配だったからだ。寝息のかかる距離にいれば、息が止まってもすぐ分かる。根拠も何もないけれど、ただ、なんとなく無性に心配なのだ。

なんだかんだ彼とはセックスばかりしていて、恋愛をしているような気がしない。だから不安なのかもしれない。

けれど最初に思っていた通り、公平は出会った瞬間からずっと彼のことが好きだ。嫌いなところがあるとすれば、気持ちを真に受けてくれないところと、自分のことを今ひとつ大事にしてくれないところ。

前に一度だけ「好きだよ」と言ってくれたことがある。あれは果たして彼の本心だったんだろうか。と公平はずっと考えている。けれど考えれば考えるほど、自分のフェロモンが彼に言わせた「バグ」のような気がしてならない。

「……好きです。善行さん」

髪を撫で愛を囁く。軽率に口に出せなかった告白も、今ならいくらでも言える。単なる生殖器官の反応ではなく、心から彼を愛している。という自信を持っているからだ。甘えてくれる時の可愛い仕草、いけないことはいけないと叱ってくれる厳しさ、頭を撫でてくれる手の温かさ、少し寂しげな声と言葉、透けるような瞼の白と、くるんと長くて濃い睫毛《まつげ》──挙げればきりがない。全部が愛しい。知れば知るほど好きになる。

この恋は、きっと運命の恋だ。けれど今は、もしそうでなくたって彼のことを好きになった気がする。全然タイプじゃないし、思い通りにならなくてイライラさせられて、理解できなくて、だからもっと知りたい。

どうすれば、彼に気持ちが伝わるだろう。

愛して欲しいとか、つがいになって欲しいとか、そういうことじゃない。ただ、俺はこんなにあなたのことを愛している。その気持ちが伝わって欲しい。もしかしたら迷惑なのかもしれないけれど──迷惑だったらショック死しそうだ。

公平は一晩中そんなことばかりを考えていて眠れず、一方の善行はその間、一度たりとも目を開けなかった。

昼過ぎに一度トイレに起きて、また眠って、夕方にもう一度、今度は公平に半ば無理やり起こされてお茶漬けを茶碗に半分だけどうにか食べ、けれどもやっぱりテーブルに突っ伏して寝落ちして、公平はまた彼を抱えて部屋に運んだ。そんな調子が二日続いた。

ちなみにその間も善行のフェロモンはずっと大洪水状態で、メゾンAtoZは土曜日からずっと家中の換気扇が回り続けている。

「確かに『発情期の間ずーっと寝てる』とは聞きましたけど……流石に寝すぎだろ！」

三日目も善行は自発的に目を覚ます気配がなく、また日付が変わろうとしている。公平は仕事帰りに買い込んできたジュースみたいな缶酎ハイを開けて自棄《やけ》っぱちに呷《あお》った。

「確かに、今月はほんとに起きてこないな。いつもはなんだかんだ、結構何回かトイレに起きてくるのに……大丈夫？　漏らしてない？」

ダイニングで晩酌をしていた美女木も、少し心配そうに上階へ目をやる。

「さっき見た時は大丈夫でした。……でももう一回見てきます！」

「待て待てさっきって三分前だろ⁉　落ち着けって！」

美女木に強く止められたことで我に返り、公平は美女木の向かいに座り込んで大きくため息をついた。

「善行さん、ずーっとこうなんですか？　発情期の時って」

「うーん。俺の知ってる限りではそうだけど……」

と言って美女木は、もう一度上階の善行の部屋を見た。

「あんまり気持ちのいい話じゃないけど、寝てる間にセックスしてやれば起きてくんのかもな。先月までと今月の違いって、そこくらいしか思いつかないんだよね」

「ケンさんサイテー。軽蔑《けいべつ》します」

「いやいやいや、俺はしてないって。ここ最近はもう――」

「うわっ、最初はしてたんだ！　本当に最低だな!!」

「いやいやいやいや、しょうがなくない!?　あのフェロモンはさあ!!」

美女木は少し言い訳がましくそう言ったけれど、なんとなく気まずげというか、その口ぶりは後悔しているようにも聞こえる。

「……フツーに考えれば、どうかと思うさそりゃ。だっていくら発情期の症状って言ったって寝てる人を無理やりなんてそんなの、レイプと一緒じゃん」

「そうですね。俺もそう思います」

「でも、あのフェロモンはベータだって我慢できないって！　そりゃ一年も一緒に暮らせばこうやってなんでもない顔もしてられるけどさあ……逆にお前、なんでそんな平気な顔してられんの？　あんなメロっメロなのに」

「いや、平気な顔っていうか……全く平気ではないですね」

公平が正直にそう答えると、美女木は鳩のように首を前に突き出して「ハア？」と声を上げた。

「単純に、抵抗薬と鎮静剤の注射をたくさん打ってます。そのくらいしないと寝てる人襲っちゃうから」

公平はシャツの袖を捲《まく》り、絆創膏《ばんそうこう》だらけの腕を晒《さら》した。絆創膏には一枚一枚、どの薬をいつどのくらい打ったかを書いてある。美女木は目玉がこぼれ落ちるんじゃないかというほど目を瞠り、公平の腕を凝視した。

「俺、自分の理性を信用してないいんですよね。自分に都合のいい妄想ばっかして、しくじったこととたくさんあるし」

「……これって、ああなってるのが善くんだからやってんの？　もし和馬が同じことになっても、こうやっていっぱい薬打った？」

と言って、美女木は視線を公平の腕から顔に移す。

「そうですね……たぶん、打ったと思います。俺は、自分の〝性〟で誰かを傷つけることだけはしたくないから」

そんなことを口に出すと、これまでの自分の独りよがりや無神経の数々が思い出されて居た堪《たま》れなくなった。

「善行さんが今みたいに寝こける前、俺、ラット起こして……自分があの人にどんなことしたかよく覚えてないいんです。それが今、すげー怖い。もしかしたら、何かすごく酷いことしたかもしれない」

彼の肌に歯型や痣はなかったし、彼にはちゃんとゴムをつけてあげられていたみたいだった。けれど肝心の自分はどうだったろうか。それを覚えていないのが怖い。

「そうだよなあ。やっぱ、それが普通の感覚っていうか……そういう感覚、ちゃんと持ってたいよな」

美女木はため息混じりにそう言ってから少し間を開けて、何か懺悔《ざんげ》でもするように続けて発する。

「――これは、完全に言い訳なんだけど」

「え？　はい」

「俺はまだ、お前みたいにたくさんは抵抗薬とか鎮静剤打てないのね。バースファクターが安定してなくて、抵抗薬入れすぎると拒絶反応出るから」

「あ……」

「だから、万が一のことがあっても最悪の事態だけは避けられるようにここに住んでる。ここに住んでるオメガバースなら、同居人がそうなるリスクに対しての備えをしてくれてるから、俺はそれに甘えさせてもらってる」

完全に言い訳。と彼は言ったが、公平には「そうですね」とは言えなかった。きっとそれが言えるとすれば、実際に彼が傷つけてしまった人だけだ。

努力が実る環境にあぐらをかいてはいけない。祖父が口を酸っぱくして言っていた言葉を思い出す。美女木のことを「ラット対策が甘い」と責めるのは、自分が加害者にならないための〝努力〟ができる環境にあぐらをかいていることになる気がする。

「ここは単にいろんな機会を保証してるだけであって、オメガにとってもアルファにとっても別に身を守るためのシェルターではないからな。今はたまたま気のいい奴らが集まってるけど、誰にとっても安心できる場所ってことはありえない。予想できないリスクより、予想できるリスクの方が備えられる分ちょっとマシってだけだ」

美女木は自嘲《じちょう》の滲《にじ》む声で言って、飲み終わった発泡酒の缶を潰《つぶ》した。

「そういう中でって考えたら……俺は、善くんにとっての公平ってハイパーかっこよくてウルトラ優しい王子様だと思うけどな。あの人には、お前みたいなのが必要だよ。俺はそう思う。お前に、あの人のそばについててやって欲しいって」

「そうならいいなって、俺も思いますけど——」

と公平が喋っているのを遮って、二階の一室でドアが開いた。善行が起きてきたかと二人して勢いよく回廊を見上げてみたものの、ドアが開いたのは湯本の部屋だった。

「和馬お前空気読めって……あと夜更かしすんなって。記録会近いんだから」

「すいませんね！　でも俺、もしかしたら善さんが起きてこない理由分かったかも！」

湯本は興奮気味にそう言って、脇《わき》にタブレットを抱えてダイニングに下りてきた。そして公平と美女木の間の椅子《いす》を引き、テーブルにタブレットを置く。そこにはとあるニュースサイトの記事が開かれている。

「……生存放棄症候群？」

そのやや物騒な病名を指でなぞり、公平は思わず眉を顰《ひそ》めた。

「うん。環境の激変とかで罹《かか》ることがあるらしいんだけど、飲食とか会話が少しずつ減っていって、最終的には眠り込んで起きてこなくなるんだって。極度のストレスとか不安が原因で起きる神経系の病気らしいよ」

湯本は公平に噛んで含めるようにしてゆっくり話しながら、少しずつブラウザをスクロールしていく。

「まあ、善さんはそもそも発情期が過ぎれば起きてくるから厳密には違うと思うけど……でも、原因は結構近いんじゃないかと思うんだよね」

「極度のストレスとか不安が原因。ってことですか？」

「そう。やっぱこの『眠り込んで起きてこない』って、防衛反応の一種らしいんだ。眠り込んでても音とか光とか、あと触感は分かるみたい」

湯本が見せてくれたサイトでは、この生存放棄症候群に罹った難民の少女が亡命先で永住権が認められたことで目を覚ました例が紹介されていた。やはり回復の鍵《かぎ》は家族など身近な人からの働きかけと、不安やストレスの源を取り除くことらしい。

「だからもしかしたら、アルファと寝ないと発情期が終わんないとか……そもそも全然ヤりたくないとか……そういう発情期のストレスとか不安のせいで善さんはああなってるのかも」

「なるほど……あり得ますね。とすると回復に必要なのは、セックスではないことだけは明らかだ」

公平がそう言うと、湯本はうんうん頷き美女木は居心地が悪そうに肩を竦めた。

「でも、だとしたらどうすりゃいいんだろうな。そうは言っても発情期って、セックスしないと終わんないんだろ？」

「は？　別にしなくても終わるけど……した方が早く終わるからするだけだよ。ずるずる続いていつまでも働けないのは困る」

「え！　そ、そうなんだ……ごめん。何にも知らなくて」

美女木は湯本からすごい目で見られているが、たぶん同じような勘違いをしているアルファやベータは多い。

恐らくそんな偏見や誤った認識や知識の不足が、ほかにもたくさんあるんだろう。そういうものの全てが彼を傷つけ、不安を煽り、眠りの世界に追いやってしまっているのかもしれない。

「……ありがとうございます湯本さん。ひとまず、引き続きこのまま見守っていこうと思います」

「そうだね。俺も色々言ったけど、とりあえずできることってそんなにないし」

公平はそのままダイニングを退散し、また善行の部屋へ様子を見に行った。

彼は相変わらず、ベッドですやすやと寝息を立てている。息をしているだけよかったと思うようにしたけれど、やっぱり心配だ。

「善行さん。起きて。そろそろお腹空いたでしょ？　俺、塩バターコーンのラーメン作るからさ」

そんな声をかけても、彼はちっとも反応しない。ああいう話を聞いたあとなので、触れると不安にさせてしまうかな。と頭を掠めはしたものの、逡巡《しゅんじゅん》しつつも公平はやはり彼に添い寝をすることにした。

「……早く元気になってよ。みんな、心配してるし寂しがってるよ」

なんて人のことを盾にしたが、どう考えても一番寂しがっているのは自分だ。

笑いながらからかってくれる人がいないので「あなたがいないと、世界が色褪《いろあ》せて見えます」なんて、オリジナリティのかけらもない言葉しか出てこない。

＊　＊　＊

発情期になると、いつも決まって同じ夢を見る。

学は森の奥にある小さな家でガラスの棺《ひつぎ》を寝床にしていて、毎日代わる代わるどこかの国の王子様が学を抱きにやってくる。

ただし自分は死んでいることになっていて、生きているのがばれると邪悪な竜の餌《えさ》にされてしまう。そのため王子様がどんなふうに学に触れようとも、キスをしようとも、学はじっと動かず決して瞳も開かない。

そのうちに王子様が満足してズボンを穿き、学の棺に白い花を供え蓋を閉めたら、学はこっそりその白い花を食べて生き長らえている。そんな夢だ。

待て待て。俺は、自分のことを白雪姫だと思っているのか？　恥ずかしすぎる……。

と赤面することしきりなので、この夢のことは誰にも話したことはない。けれど発情期が来ると決まって、気づいた時にはもう学はガラスの棺で眠っているのだ。

その時も学は、棺の中で「腹が減ったなあ」と思いながら死んだふりをしていた。いつもならぼちぼちどこかの国の王子様がやってきて、おもむろにズボンを脱ぎ始める頃合いである。

けれどどうしたことか、待てど暮らせど王子様は一人としてやってこない。それはそれで体は楽だし生きているのがばれずに済むのでいいのだけれど、いかんせん腹が減ってしょうがない。

食べられる花がなくなって、いよいよどうしようか。と思っていたところへ、どこからか何台も大型トラックがやってきた。ここは山深い森の奥であるはずなのだけれど、何せ夢の中なのでなんでもありだ。

死んだふりをしながら、薄眼を開けてこっそりトラックの様子を窺《うかが》う。荷台から降ろされたタンクのようなものや鉄板のようなものがどんどん一つの塊になって、どうやらそれはロケットであるらしいことが分かってくる。

ロケットが完成する頃、作業着姿でヘルメットを被った王子様がゴロゴロと台車を押しながらやってきた。

あ、そういう感じの人もいるんすね。へー。なんて思いながら死んだふりを続けていたところ、学の寝床であるガラスの棺は台車に載せられ、あれよあれよという間にロケットへ積み込まれてしまった。

どこへ連れていかれるんだろう。とそわそわしていたら、作業着にヘルメットの王子様が棺の蓋を開けた。苦いチョコレートの匂いがして、思わず目を開けてしまう。

生きてるのがばれた！　と慌てたものの、作業着の王子様は得意顔で窓の外を指差してみせる。つられてその指の先を見ると、窓の外には広大な宇宙空間が広がっていた。地球は青く、月は白かった。そして学は、自分の腹の虫の鳴き声で目を覚ました。

これ以上はないというくらい腹は減っていたけれど、それ以外は実に爽《さわ》やかな目覚めだった。発情期は終わったらしく、体にだるさや熱っぽさはない。

その割に、隣で寝ている公平が疲れ切った顔をしているのが不思議だ。学の方には全く疲労感がないので、一晩中ヤリちぎっていたということではないんだろう。

だとするなら、単純に仕事か何かで疲れているのかもしれない。ギリギリまで寝かしといてやるか。そう思って、学は彼を起こさないようそっと起き上がった。——が。

「善行さん!!」

「うわっ！　びっくりした！」

公平は野生動物もかくやという動きで飛び起きて涙声で叫び、強く学を抱きしめた。

「よかった！　このまま寝たきりになっちゃったらどうしようかと思った!!」

「そ、そんな大げさな……」

「大げさなんかじゃないですよ！　あなた自分が何日寝たきりだったか分かってないでしょう!!　四日ですよ四日！」

にわかに信じられず、学は枕元にある自分の携帯で日付を確認した。発情期に入ったのが土曜日の昼で、今日が水曜日。確かに丸四日経っている。

「……ほんとだ。四日で終わったんだ。早っ！」

「はあ!?　早いって——」

「だって俺、いっつも一週間は続くのに……四日で終わった！　発情期！」

公平は何やら涙を浮かべているが、喜びのあまり思わず浮かれて「イエーイ！」とハイタッチを求めてしまう。公平もまた変に律儀で、べそべそ怒りながらも手を上げてそれに応じてくれた。

あんまり気分がいいのでパンケーキでも焼こうかと考えながらウキウキ立ち上がったものの、足に全く力が入らずその場に崩れ落ちた。

聞くところによると、どうやら自分は丸四日間ほとんど飲まず食わずでずっと寝こけていたらしい。途中何度か公平が無理やり起こしてトイレに連れていってくれたり、体を拭いてくれたりお茶漬けやカップスープを食べさせてくれたらしいが、その一切合切を学は全く覚えていない。

「……介護士だったのか？　お前」

「でしたね。ほぼ」

今朝も結局学は公平に肩を貸してもらって階下に下り、突然重たいものを食べると胃がびっくりするから。と言う彼にダイニングでカップスープとチーズ蒸しパンを出された。

「面倒かけたみたいで悪かったなあ。いつもは割と、ちょこちょこ起きて色々してるらしいんだけど」

「らしいって、覚えてないんですか？」

公平は訝《いぶか》しげに眉を顰め、じっと学の顔を覗き込む。

「うん。ぼんやりして、寝ぼけた感じっていうか……細部が曖昧《あいまい》」

学がそう答えると、公平はなんだか難しい顔で「そうですか……」と相槌《あいづち》を打ったきり黙ってしまった。

発情期に起きる心身症は人それぞれなので、学は今まで自分のそれが特別おかしいと思ったことはなかった。自分のように神経系の症状が出る人はそこまで多くないらしいが、普段より眠気が強くなる。という話はよく聞く。

公平も親戚《しんせき》には何人かオメガバースの人間がいるようだが、発情期にはどんな症状があってどう過ごすかなんて、いくら親戚でもアルファ相手には軽々しく話しはしないだろう。それであまり知識もなく、一つ屋根の下で実際の発情期を目の当たりにしてびびってしまったに違いない。

「いやーしかし、まさか四日で終わってくれるとはね！　一瞬だよ一瞬！」

そう考え、学はあえてハイテンションに笑い飛ばした。腫れ物扱いは面倒くさい。やたら世話を焼かれるのも鬱陶しい。これはいつものことで、特別扱いする必要はない。と理解してもらわねばならない。

「いや、一瞬ではないですけどね」

「一週間に比べたら一瞬だよ。相性のいいお前が居てくれたからかなあ。もしかしてなんかしてくれた？　全然覚えてないけど、なんかすっげー濃厚なヤツ――」

「何もしてないです」

公平は真顔でそれだけ答え、じっと学を見た。

「え、何もってことはなくない？　だってすごかったろ。俺の――」

「さっき言ったこと以外に、特別なことは何もしてません。……まあ強いて言えば添い寝はしてましたけど。ちゃんと息してるか心配だったんで」

「……なんで？」

公平がなんで怒っているのかが分からないし、なんで発情期の自分に何もせずに済んだのかも分からない。

なんでもない時にただ抱き合うだけでもお互い夢中になって、発情期のはじめにした時だって公平はラットを起こしてすごかった。学だってあんまり気持ちいいので、このまま壊れるまで抱き潰してくれたらどんなにいいかと思ったくらいだ。

なのに「何もしてません」っていうのはどういうことなんだろうか。急に不安になってきた。自分が覚えていないだけで、何か大変な不興を買ったんだろうか。

「なんでって……」

そう言って公平は片手で頭を掻きむしり、大きなため息をつく。どうしてそういうリアクションになるのか、全然分からない。分からないから怖い。

「そんなの、愛でしょ。愛！」

と答えたのは、公平ではなく百恵だった。いつの間に発情期休暇から帰ったのか、既に出社の準備を終えたふうの彼女はダイニングとリビングの境目あたりで憤然と仁王立ちをしている。

「黙って聞いてりゃ善ちゃんねえ！　あんたがのんきに寝こけてる間、公平がどんだけ心配してたと思ってんの!?」

「ちょっと。どのへんから黙って聞いてたんすか」

「『いやーしかし、まさか四日で終わってくれるとはね！　一瞬だよ一瞬！』『いや、一瞬ではないですけどね』……のあたり」

「ねーさん。俺はいいけど、公平が死にそうになってるからそれやめてあげて」

やはりそれは、彼としてはキラーフレーズとして口にしたセリフであったらしい。百恵に口真似《くちまね》をされて、公平は頭を掻きむしっていた手で恥ずかしそうに顔を覆っている。

「――まあ、冗談は置いといて。たぶんだけど、今回あんたの発情期が短く済んだのって公平のフェロモンのお陰なんだからね。感謝しな！」

「フェロモンのおかげえ？」

百恵は「そう！」と力強く頷くと急に真顔になって、立ったまま口を開いた。

「発情期ってのは要するに、体が一番妊娠しやすい期間なわけだ。だから、その状態シグナルを異性に伝えるために性フェロモンが大量分泌される」

「うん。それは分かる」

「で、妊娠ないしペアリングの成立ってのはストレスが天敵なわけ。ゆえに、ストレスがかかった状態だと発情期は延びてフェロモンの分泌も増える。ここまでＯＫ？」

　それまで頭を抱えながら黙って聞いていた公平が、おもむろに「なるほど」と言って顔を上げた。

「……要するに、オメガバースはストレス環境下で〝数打ちゃ当たるモード〟になるってことで合ってます？」

「そう！　さすが。飲み込みが早い！」

　と二人は何やら通じ合っているが、下手な鉄砲呼ばわりされている身としてはなかなか複雑である。

「〝数打ちゃ当たるモード〟を解除するには、数打たなくていい状況を作ってやる必要がある。つまりストレス源を絶って、特定のアルファ性フェロモンを浴びまくれば、体は自然と〝数打ちゃ当たるモード〟から〝一撃必殺モード〟になる」

「ってことは、何か？　今月は相性のいいコイツのフェロモンをドバドバ浴びてたから、俺のオメガバースが『まあ、あいつはいつでもコマせるしな』って油断して発情期を切り上げたと？」

　半信半疑で言ってみたが、百恵は「いかにも」とばかりに深々と頷いてまた口を開く。

「加えて、食事の介助から入浴の世話にまで至る献身的な介護。そして、たとえフェロモン大洪水状態でも意識のない相手とは添い寝しかしない紳士的な振る舞い……素晴らしくノーストレス！　パーフェクト‼　安斎公平お前がナンバーワンだ‼」

百恵が拍手を送ると、公平は照れたような気まずいような複雑な顔で「あざっす」と小さく会釈をした。

予想外——というか発想外の出来事すぎて全然ついていけない。相性がいいのは分かっていたけれど、触りもせず発情期を終わらせるほどだなんて思いもしなかった。

その上、それだけ相性がいいのにもかかわらず彼は「何もしなかった」のだ。奇跡としか言いようがない。

学だって本当は、自分の意識のない間に体を好き勝手に弄ばれるのが嫌で嫌で仕方がなかった。けれどアルファとセックスしなければ発情期は延々と長引くし、そもそも自分の発している大量のフェロモンが彼らの性衝動を無闇矢鱈《むやみやたら》に掻き立ててしまっているという負い目もある。

だからずっと、割り切ったふりをしてきたのだ。寝てる間に全てが済むならこんなに楽なことはない。と自分に言い聞かせてきた。

「——ってわけでね、善ちゃん。公平はねえ、ちょっとそんじょそこらのアルファとはワケが違うと思うよ」

そう言って百恵は手首の内側の時計を見ると、床に置いてあったバッグを肩にかけた。

「知ってる。……イイ男だろ？　こいつ」

学がそう返すと、公平は「は？」と声を上げて顔も上げた。

「ま、カミラほどではないけどね。人の恋路に口出しすると馬に蹴《け》られて死ぬからヤなんだけど……これぱっかりはねーさんに言わせて。ペアリングは早めに試しな！　どんなに相性良くても、これぱっかりは運だから！　じゃあね。行ってきます！」

　早口でそう言って、百恵はばたばたと玄関を出ていった。公平はまだ「は？」の顔のまま学を見ている。

「……だってさ。どうする？」

　と言うと、公平はようやく「は？」の顔を解除して目を白黒させ始める。

「え、ど、どうするって」

「俺は、お前ならいいかなって……今はちょっと、思ってる」

　そう口に出してみて自分でも「誠意がないな」と感じたくらいなので、きっと公平はうんと言わないだろう。

「善行さん。あの――」

「……ごめん。今のは俺がずるかった」

　彼の口に「ごめんなさい」が上る前に。と学は口火を切った。してもらったことに比べたらあまりに些細《ささい》だけれど、これまでのらくらと彼をからかってきた分くらいは、誠実な言葉を使わなければならないと思う。

「お互い、ちゃんと考えよう。相手の人生、背負えんのかって」

「はい……あの、それはもちろん」

公平はまだ少し混乱しているように見えた。無理もない。そのくらい、学はこれまで言葉にするのをさぼってきた。考えることもあまりしてこなかった。公平のことを「アルファの男」だと思っていて、同じ人間だとは思っていなかったから。

「でもあの、善行さん」

「なに？」

「ペアリングの前にまず……っ、付き合いませんか。俺たち」

「あっ」

公平にそう言われて、顔から火が出た。

「あ、そ、それ、さきっ」

「あの、一応確認なんですけど……善行さんは、つがいになってもいいかなって思うくらいには……俺のこと好きでいてくれてるってことで、いいんですよね？」

公平も真っ赤な顔をしているが、いつもと違って妙に落ち着いて喋っているところに腹が立つ。顔から出た火で全身火だるまになって、この家ごと何もかも燃やし尽くし全てをなかったことにしてしまいたい。そのくらい恥ずかしい。

ひとまず手元のチーズ蒸しパンの残りを口の中へ押し込み、冷めてしまったカップスープも一息に呷った。

「善行さんそんな、一気に食べたら――」

「ぐっ、げふぉっ！　うぇっほ！」

「ほら言わんこっちゃない！」

噎せて涙目になりながら食器をシンクへさげる。公平が後ろからついてきておろおろしている。蛇口を思い切り捻って手を洗って、その手で掬《すく》った水を飲む。飛沫《しぶき》がそこらじゅうに飛び散って、自分と彼の服を濡らす。

「……好きだっ」

恥ずかしくて、顔を見ては言えなかった。勢いでもなんでも、耳にタコができるくらい愛の告白ができる公平はすごい。本当にすごい。

「よかった。……俺も、あなたのことが好きです。俺と付き合ってください」

背後のごく近いところで公平はそう囁いたものの、勝手に触れてきたりはしない。そういうところはもどかしいけれど、だから好きだ。

＊　＊　＊

リスケした公平とのデートは次の日曜日。雑貨屋で弁当箱、家電量販店でデジカメを見繕って、カメラの練習も兼ねて和馬の参加する記録会へ応援に行くことにした。

そのために学は、久々に服とピアスを新調した。一目惚《ひとめぼ》れで買ったはいいが、まだ履いていないスニーカーがある。それに合わせたスポーツカジュアルの一揃《ひとそろ》いと、贔屓《ひいき》にしているピアススタジオのDMにあった新作のボディピアスだ。

ピアスは新しい穴を開けた。施術中、スタッフに「何かいいことあったんですか？」と訊かれたので、試しに「彼氏ができました」と口に出してみた。火でも吐いたのかと思うくらい喉《のど》から顔が熱くなったけれど、気分は良かった。

桜はほとんど学の知らない間に咲き、知らない間に散ってしまった。けれど紫色の夕日が作る葉桜の影も綺麗だ。商店街を照らすUFOみたいな形の街灯も綺麗だ。花屋の店先に出ている黄色い花もやたらと綺麗で財布を取り出しかけたけれど、自分の浮かれっぷりに気づいて恥ずかしくなり買うのを思いとどまった。

「善行さん！」

坂道の途中で声をかけられて、振り向くと公平がいた。彼はにこにこしながら夕日を背負って駆けてくる。つられて学も笑う。

「お疲れ。早かったな」

「はい。ゼミが始まると忙しくなるから、帰れる時はさっさと帰ることにしてます」

と言って公平は、学の持っているブランドのショッパーを自然に持ってくれる。

「善行さんはお買い物ですか？」

「うん。あと、新しいピアス開けてきた」

「開けてきたって、穴増やしたんですか？」

「そうだけど……なんだよ。なんか文句ある？」

もしかして、公平はピアスがあんまり好きじゃなかったろうか。ということに思い当たって少し不安になった。

公平は人の趣味や外見にとやかく口を出してくる人間じゃない。そう思いたいが、本当にそうではないという確信は持てない。

「いえ……耳、じゃ、ないですよね？　どこだろう。と思って」

「あ、そういうこと？」

真顔で人の両耳や顔を注視しているのが可笑しくて、笑ってしまった。

「顔の周りじゃないよ。こっち」

両手が空いているのをいいことに服を少し捲り、新しくへそに開けたピアスを見せた。青いジルコニアと、舌を出したシベリアンハスキーのチャームが付いている。

「このピアス、なんかお前に似てると思っ――」

公平は真顔のまま耳を赤くして、電光石火の動作で学の服を整えへそを仕舞った。

「道端でへそを出さない！」

「あ、はい。すいません」

「ほんとそういうとこどうかと思いますね！　俺は誰にもあなたを『道端で軽率にへそを見せびらかす人』だと思われたくないんですけど!?」

喜ばせようと思ったのに、割に本気で怒られた。けれど「大事に思ってくれてるんだ」と理解して大いに反省する。顰められた公平の眉は、ちょっとだけ自分の父親に似ている。

「……でもピアス。かっこよかったです」

しかし公平は、叱られてしょんぼり肩を落としている学にそっと手を差し出して小さな声で言った。

「俺って、狼《おおかみ》に似てます？」

「狼っていうか……シベリアンハスキー」

照れ臭くて仕方がなかったけれど、手を繋いで坂道を登る。

「え？　あれ、狼じゃなくてハスキー犬ですか？」

「うん。やっぱり公平は、でっかくて人懐っこい犬って感じ」

と答えると公平は少し複雑そうな顔をしたが、彼に「乱暴狼藉《ろうぜき》」とか「送り狼」みたいなイメージはやっぱり似合わないと思う。

恋人がいなくて寂しいとか不幸だと思ったことはない。これは紛れもない事実だ。学はひとりでもそれなりに楽しくやっていて、今だって別に「公平がいないともう生きていけない！」みたいなことは全く思わない。

けれど先月の自分より今月の自分がより幸せなのは確かで、気づいていなかった穴が埋まったような心地がする。ないならないでやれたけど、あると完璧《かんぺき》。そんな感じだ。少し前の自分に「おいここ穴空いてるぞ！　気づいてないだろ！」と教えてやったら、さぞ面白い顔をしてくれることだろう。

ただ一つ不安なのは、自分はもうもとの自分には戻れないんじゃないかということ。

公平がメゾンAtoZに来て、次の日曜でちょうど二週間。いつもなら十日もすれば多少は慣れているはずのフェロモンに、学は未《いま》だに調子を狂わされたままだ。

彼にはいいところがたくさんあるが、欠点も同じくらいある。ビシッと指摘してやろうと思うのに顔を見ると憎めなくて、ついつい甘やかしてしまったり。それでいて、後からそのことを思い出して腹を立てたり。

流石にいつまでもこうでは身が持たない。それに彼を単なる「アルファの男」として消費するのでなくきちんと恋愛をしていこうとするなら、上澄みの部分ばかり愉《たの》しんでいるわけにもいかないだろう。

公平が残業で遅くなっている隙《すき》に「かかりつけ医に相談して薬を増やしてもらった方がいいかな」と晩酌の席で健に相談してみたら、意外な答えが返ってきた。

「善くんそりゃ、医者には治せん病だよ」

「……はい？」

「〝お医者様でも草津《くさつ》の湯でも、惚れた病は治りゃせぬ〟ってね……止めやしないけど、恥かくと思うよ」

恥ならもう、今この瞬間にかいている。発情期が明けてからというもの、一体何回顔から出た火でこの家を燃やそうとしたか分からない。

「いや……いやいやだって、心拍・血圧の上昇に過度の合理化に判断力の低下ってこりゃ、どう考えても発情状態だろ！　いつこれが原因で発作起こすかって気が気じゃないんですけど⁉」

「残念ですが保険適用外ですね……人間はね。恋をすると発情するんだよ」

健は少し呆れたように、諭すようにそう言って学のお猪口《ちょこ》に冷酒を足した。

「それに関しちゃオメガもアルファも、ベータだって同じだ。もしかして、今までそういうの全部フェロモンのせいって思ってた？」

「思ってた……」

「え、マジで？　ずっと？」

「ずっと……そう思ってた……っ！」

「マジかウケる！　とんだ恋愛音痴だな！」

健はそう言って手を叩いて笑い、学は羞恥《しゅうち》のあまり頭を抱えた。元ベータの彼が言うくらいなので間違いないんだろう。本当に要《い》らぬ恥をかいてしまった。

「くそっ！　これ以上生き恥を晒すくらいならあいつを殺して俺も死ぬ！」

「うんうん分かる分かる。人を好きになると、情緒がジェットコースターになるよな」

「いっそフェロモンのせいならいいんだ！　それなら薬で楽になれる!!」

「だーから違うんだって。いいじゃん恋ってことで。そっちの方が健康的だよ？」

「健康的なもんか！　不整脈と血圧異常と情緒不安定で寿命が縮むわ!!」

そんなことをやいやい騒いでいると、勢いよく和馬の部屋のドアが開いた。

「うるせーぞアラサーじじいども！　今何時だと思ってんだ!?」

怒鳴られて一応時計を見たが、学にしてみればまだまだ宵の口だ。が、今が記録会の前夜であることを考えれば非はこちらにある。

「和馬！」

健は舌打ちをして耳栓をはめ直そうとした和馬を立ち上がって呼び止め、少し浮ついた声で名前を呼んだ。

「明日、頑張れよ！」

「わっ、わざわざ言われなくても頑張るし！」

和馬は少したじろいで、頷きつつもそんな憎まれ口を叩きドアを閉める。健はしばらくそんな和馬の部屋をじっと見上げていたものの、ややすると大きく息を吐いて椅子に腰を下ろした。

「……俺さ。アルファ化する前って女の子にしか欲情しなかったのね」

「ああ、うん。……なんか、ベータって多いらしいねそういう人。ヘテロセクシャルっていうの?」

「うん。だからそれ考えたら……俺が和馬のこと可愛いなって思うのこそ、バースファクターのせいじゃ——」

「いや、恋だろ。どの口で言ってんだあんた」

学がここぞとばかりに反撃すると、健はつい寸前の学と同じように頭を抱えた。彼の耳が赤いのはきっと、飲みすぎた発泡酒のせいばかりではない。

「ケンさんは、男のことを好きになる自分が嫌い? ベータに戻りたいって思う?」

そう尋ねると、彼は頭を抱えたまま「うん」と小さく頷いてみせた。

「……ベータには戻りたい」

「そっか」

「あいつのこと、傷つけない自分でいたいんだ。今はそういう自信がない。……好きになってもらえたら、守らせてくれるかな。おこがましいかな」

顔を上げた健は、眉尻の下がった情けない顔をしている。そんな顔はどこか自分を抱く時の公平に似ていて、ついさっき憎まれ口を叩いた時の和馬に似ていて、つまり自分も時にはこういう顔をしているんだろうな。と思った。

張り切って午前中から予定を入れてしまったので、学はいつもより早めに晩酌を切り上げた。余裕のある時間に起きて、何がなんでも落ち着いた一日を過ごしたかったからだ。

この日のために新調した服を着て、ピアスを選び、丁寧に髪をセットする。メッシュが思いのほか色落ちしていて少しテンションが下がったが、めちゃくちゃ張り切ってると思われるよりはマシか。と自分を納得させた。

早く起きたかったのにはもう一つ理由がある。薬の時間調整だ。

学は常用薬に一日一本の静脈注射と朝晩二錠ずつの経口薬を使っているが、発情期明け五日間はアレルギー反応が出るため注射が使えない。

そのため代わりの薬を飲んでいるが、こちらは即効性の注射と違って効くまでに少し時間がかかる。したがって、その時間も逆算してスケジュールを立てたのだ。

「おはようございます善行さん。早いですね」

今日は自分が一番早起きだろうと思っていたのにキッチンにはもう公平がいて、優雅にコーヒー豆なんか挽《ひ》いている。

「おはよう。――コロンビア産の……なんだっけ」

「エメラルドマウンテン。中深煎《ちゅうぶかい》りです」

公平は「ふふふ」と得意げな笑みを浮かべて、挽き終わった豆をフィルターに移した。様になりすぎていて、ちょっと引いてしまうくらいだ。

「善行さんも飲みます？」

「ごめん。遠慮しとく。薬がコーヒーと飲み合わせ悪いんだ。お湯だけちょっと貰っていいか」

「分かりました。じゃあ、また次の機会に」

公平は少しだけ寂しそうに眉尻を下げてそう言うと、コーヒーのために沸かしたのだろうケトルのお湯をマグカップに注いでくれた。

「善行さんのお薬って、どのくらいで効いてくるものなんです？」

「そうだな……効き目が出てくるのは四十分後くらいかな。きちんと効いてくるまで待つと一時間くらい」

「なるほど。じゃあ、出かける前にちょっと研究室に忘れ物を取りに行ってきてもいいですか？　すぐ戻ってきますんで」

公平は手首のスマートウォッチを一瞥《いちべつ》し、それから少しすまなそうに肩を竦めてから学を見た。彼の働いている理科大は、確かゆっくり歩いても家から正門までは十五分。敷地が大きいので研究室まではもう少しかかるだろうし、忘れ物を回収して帰ってきたくらいの時間ならちょうど薬が効き始める頃だろう。

「……分かった。待ってる。俺も出かける前に返しときたいメールとかあるから、焦んなくていいよ」

そう言って微笑みかけると、彼もまた柔らかい微笑みで「ありがとうございます」と返してくれる。公平は背が高くて顔立ちも精悍《せいかん》なので、男っぽくて羨《うらや》ましい。口を開くと暑苦しくて天然だけれど、黙っていれば俳優みたいにかっこいい。

早い時間の朝日を浴び、丁寧に身支度を整え、ゆっくり朝食を採って用法・用量通りに服薬し、食後は牛乳多めのホットチョコレートを一杯。そして細々とした仕事を片付けてから、ちょうど薬が効いた頃にデートが始まる。

実に完璧な一日の始まり……になるはずだった。

「おー。和馬、おはよ——っ⁉」

公平を送り出し、ホットチョコレートを片手に部屋へ戻ろうとした時だった。階段の途中で駆け下りてきた和馬とすれ違った、その次の瞬間。同じように階段を駆け下りてきた健に手首を強く掴まれ、揉みくちゃになって階段を何段か転がった。

和馬が自分を呼ぶ涙声と、マグカップの割れる音。それに大人二人分の体重が階段を滑り落ちるどどど、という鈍い音が重なって聞こえる。嗅覚《きゅうかく》もやけに鋭敏に働き、床を伝うチョコレートの匂いがあんまり強く感じられて頭痛がした。

「いってえ……なんっ、だよ……っ」

健はどうやら身を挺《てい》して落下の衝撃から学を庇《かば》ってくれたようだが、彼の息は荒くフェロモンが濃い。重いラットを起こしていることは一目瞭然《いちもくりょうぜん》だった。

人間の性の臭《にお》いとチョコレートの甘い匂いが混ざり、学の嗅覚とフェロモン受容体を絶えず刺激する。恐らく和馬が記録へのプレッシャーから発作を起こし、健はそれに釣られてラットしたのだ。

「だっ……大丈夫大丈夫！　和馬お前、ガレージに逃げてな！」

「でもっ！　善さん!!」

発情し、熱に浮かされた目で和馬は学の名を叫んだ。健は学の体をフローリングに組み敷きながら、涙声で短く「ごめん」と発した。

ラットを起こしたアルファの行為は激しい。和馬は発作を起こした時点でメンタルに相当なハンデを負っているのに、体にまで負担を強いたら記録なんて望めようもない。

百恵が居れば頼れたんだろうが、生憎一昨日《あいにくおととい》から出張で留守だ。健を唯一腕力で制圧できそうな公平も、ついさっき大学へ送り出してしまった。

発作を起こしてしまっている和馬をこの家から出すわけにはいかないし、ラットで錯乱中の健もそれは同じこと。この場にいる人間全員が無傷でいられる道が、学には見つけられなかった。

「いいから隠れてろ和馬！　こんなことで夢諦めんな!!」

和馬をできる限り良い状態で走らせてやりたい。その気持ちだけが、襲った側と襲われた側の間で共通していた。

just do it ...now?

健の体は明らかに学ではなく和馬の方に反応しかけているが、学はそれをなけなしの力で押さえ込む。和馬はそんな学から目を逸らし、半地下のガレージに逃げ込んだ。服は自分で脱ごうとしたものの、この日のために新調したTシャツはあえなく引き裂かれてしまった。痣や歯型は、残らないよう祈るしかない。

＊　＊　＊

喜んでくれるかな。いやでもやっぱり重いかな。でもたぶん、こういうの大好きだよな、あの人。どうかな。

と考えながら歩いていると、公平の足取りは自然と速くなった。桜の木にはもう少しも花は残っていないものの、学内の並木道は薄桃色の絨毯《じゅうたん》を敷いたようになっている。

昨夜、そのピアスを見つけたのは偶然だった。教授会のサポートで都心へ出た帰りに少し道に迷って、駅を探している間に見たセレクトショップのウインドウに出ていた。深い緑色の天然石がネイティブアメリカン風の台座で飾られたそれを見た瞬間、彼の顔が浮かんだ。

石は〝モルダバイト〟といって、隕石《いんせき》の衝突によって生まれた希少な天然ガラスであるという。それを聞いて、一も二もなくプレゼント用に包んでもらった。

が、それを研究室に置いて帰ってきてしまったことに朝になって気づいた。普段は全然そんな忘れ物なんかしないのに、やっぱり浮かれていたんだろう。

「……あった。よかった」

と独《ひと》り言《ご》ち、ショルダーバッグにその小箱を仕舞ってすぐに取って返す。彼の薬がきちんと効いてくるまでは出かけられないけれど、それでもどうしたって気持ちは逸《はや》った。

初デートの記念と言うべきか、遅くはなったが誕生日プレゼントとして渡そうか。それともただ素直に「あなたに似合うと思って」と渡した方が気を遣わせないのか。考えているだけで心が弾み、同じように足取りも弾む。

「ただいま――うわっ、すごい匂い」

ドアを開けた瞬間、強烈なチョコレートの匂いが鼻をついて思わず声を上げた。

「おかえり公平！　ごめん。すぐ支度するから！」

と言って出てきた善行は、家を出てくる前とは違う服を着ていて髪も濡れている。

「はい……え、シャワー浴びたんですか？　なんで？」

「うん。部屋にホットチョコレート持ってこうとしたら、階段でケンさんとぶつかって頭からひっかぶっちゃってさあ。最悪だよ」

と悔しそうに眉を寄せ、彼はひょいとバスルームの方を見遣《みや》った。なるほど美女木がそこを使っているのか、水音が聞こえている。

「ええっ、大丈夫でした⁉　火傷《やけど》とかしてません⁉」

「ああ。それは大丈夫。下ろしたてのTシャツは死んだけど……そうだ。リビングと階段は一応掃除機かけたけど、もしかしたら割れたカップの破片飛び散ってるかもだからちょっと気をつけて歩いて」

　と言ったそばから、彼自身はばたばたと階段を駆け上がっていく。出がけのアクシデントに動揺しているのか、いつもより少し早口だった。

　そうしてすったもんだしながら家を出て、電車に乗った時もまだ善行は「結局二時間しか着てない……」とか「靴に合わせたのに……」とか言いながら肩を落としていた。どうやら今日のために一揃い新調した服だったようだ。それを聞いて公平はすかさず太ももを思い切り抓《つね》り上げ、痛みでこれが夢でないことを確かめた。

「善行さん。朝のも素敵でしたけど、今着てる服も十分かっこいいですよ」

「そうかもしんないけどさあ……ほら、ラーメン見るとラーメンの口に、寿司を見ると寿司の口になるだろ？　それと一緒で、俺の目はまだあのTシャツの目なんだよ……」

「あー、なるほど……？」

　とは言ったものの、実を言うとその感覚はよく分からない。

「じゃあ、まず最初に同じの買って着替えるっていうのはどうです？　チョコレートひっかぶっちゃったんじゃ、リカバリーはきっと難しいだろうし」

しかし、彼がアクシデントで汚してしまった服にすごく未練があることだけはよく伝わった。彼にはどうやら、着道楽の気もあるようだ。

「それだ！　お前、天才！」

公平の提案に対し、キラキラした目で頷いてみせる彼のはしゃぎ方が眩しすぎる。七つも年上の男性にこんな言葉を使うのは本当にどうかと思うのだけれど、食べてしまいたいくらい可愛い。思うだけで口にはしないので、許して欲しい。

「そうだ！　せっかくだから、俺も同じの買って着ようかな。ペアルックってどう——な、なんだと……っ⁉」

さっきまで目をキラキラさせてはしゃいでいたかと思えば、公平がちょっと妄想に耽っている間に彼は肩にもたれかかって寝息を立てていた。

発情期は終わったばかりなので単なる居眠りなんだろうが、ついつい呼吸と脈を確かめてしまう。

もしかして、今日のデートが楽しみすぎて眠れなかった……なんてことが？　とまた妄想して、ひとりにやけた。目的地の駅で善行を揺り起こすと、彼はびくっと肩を震わせ目を泳がせながら口元を拭った。

「ご、ごめん、寝てた……ヨダレ出てなかった？」

「大丈夫ですよ。出てても大丈夫ですけど」

「え、怖っ、何言ってんの……？」

と言いながら、彼はまだ少し眠そうにあくびを噛む。

「――ごめん。デートなんか久しぶりだからさ。緊張して昨日あんま寝れなかった。またうとうとしてたらごめんな？」

と苦笑いで可愛く言われ、完全に思考回路がショートした。

「……善行さんはタキシードと紋付袴《はかま》、どっち派ですか？」

「ん？　なんの話？　成人式？」

「お家でお付き合いのあるお寺とか神社って、あったりします？　ちなみにウチは代々仏前式なんですけど……」

「おーい公平！　帰ってこい!!　ものには順序ってもんがある!!」

改札を出たところで肩を揺さぶられ、我に返る。彼は完全に引いた顔をしていて、うっかり油断したことを後悔した。

「す……すみません！　俺はまたつい、不埒な妄想を……っ」

「いや、なんかもう、面白いからいいけどね……」

と言って今度は少し呆れたような苦笑いを浮かべながらも、善行は「ん」と左手を差し出してくる。

「……人、多いからさ」

「あ、はい……」

「じゃ、行こうか」

強く手を引かれ、人混みに揉まれながら駅を出た。日曜の午前中から、大好きな人と手を繋いでショッピング——なんて。こんな幸せ、一周回ってリアリティがない。

善行が数日前にも来たというファッションビルで、彼が今朝ダメにしてしまったのと同じスポーツブランドのTシャツを色違いで買った。彼が白地で公平が黒地の、アメコミ映画のコラボTシャツだ。袖を通してみるとペアルックは思っていた百倍面映《おもは》ゆくて、公平は着てきたブルゾンのジッパーが開けられなくなった。

同じビル内の雑貨屋で弁当箱とタンブラーを選んでもらったあと、家電量販店でミラーレス一眼レフのカメラとカーボン製の三脚を買った。

現時点では「ミラーレス」も「一眼レフ」も一体何を指している言葉なのかさっぱりなのだけれど、それはこれから善行がたっぷり教えてくれそうだ。彼があんまりハイテンションで熱くカメラの特徴について教えてくれるので、会計時には店員からも「頼りになる彼氏さんですね」と言われてバカみたいに照れる。

「……どうしたの。赤い顔して。暑いならブルゾン脱げば？」

レジの列から離れたところで待っていた善行は、公平の顔を見るなりからかうような口ぶりで笑いながら言った。

「いえ……さっき、レジで……善行さんのこと彼氏さんって言われて……」

「違うの？」

「違わないです！」

今度は公平が手を差し出し、彼がその手を握る。善行の手は華奢《きゃしゃ》で骨張っていて、いつも少しひんやりしている。

ランチは善行が「行きたいところがある」と言っていたので任せた。連れていかれた先はスフレパンケーキの有名店で、見た目通りの愛くるしすぎるチョイスにときめきすぎて生きた心地がしない。

「腹減ったなー。早く決めちゃおう！　俺はねー……トリプルメルティーチョコバナナスフレ大盛りの生チョコダイス&チョコスプレーマシマシ！」

「じゅ、呪文《じゅもん》……っ！　大盛りとかマシマシとかあるんですか？」

「うん。あ、でも初めて食べるならミニにしといた方がいいと思う。ここはミニサイズって言っても、よその普通盛りくらいあるからな。初めてならやっぱ、基本のメイプルバターがオススメかな」

公平は彼に勧められるまま、基本のスフレパンケーキをミニサイズで注文した。実際に来た皿は確かに、よその店の普通と大盛りの間くらいありそうだ。彼が頼んだ大盛りでトッピングがマシマシの皿なんかは、もはやチョコレートの山である。

「善行さん、本当にチョコレート大好きですよね……」

チョコがけスフレパンケーキの山をニコニコしながら解体している善行は、公平の言葉で顔を上げ訝しそうに口を尖らせた。

「なんだよ。文句ある？」

「いえいえ。可愛いなあと思って。ちっちゃい時からずっとお好きなんですか？」

「まあね。俺の記憶は、チョコシロップを瓶からがぶ飲みして鼻血噴いたところから始まってるくらいだ」

「ぶふっ！」

パンケーキを口に含んだ瞬間に笑わされ、危うく吹き出すところだった。そんな公平のリアクションを見て、善行はますます不服そうに口を尖らせる。

「そんな笑うことなくないか？　あるだろフツーにそういうこと」

「ちょっとだけつまみ食い。とかならありますけど、さすがに鼻血出るまでは飲まないですって！　っていうかチョコの食いすぎで本当に鼻血出した人初めて見た……っ！」

「おいお前バカにしてんのか？　チョコ食いストたるもの、鼻血の一度や二度出さんでどうする！」

「なんなんですかその〝チョコ食いスト〟ってもー……腹いてえ……っ」

「そこまで笑うようなことかねえ。箸が転がっても可笑しい年頃ってヤツ……？」

と言って、善行は相変わらず腑《ふ》に落ちない様子で引き続きわしわしとパンケーキの山を切り崩しては頬張った。彼にとっての当たり前が公平にはいつも新鮮で、そんな違いを一つずつ知っていけるのが何よりも嬉しい。

「でもそんなにチョコがお好きなら、パティシエとかショコラティエになろうと思ったことはないんですか？　善行さん、お料理も結構するのに」

そんなことを尋ねてみると、彼は一瞬ぱちくりと目を瞬《しばた》かせて視線を中空に放った。

「そういやないな。……なんでだろ」

「何かほかに夢中だったことがあるとか？」

「あ、それだわ！　俺、ガキの頃って宇宙飛行士になりたかったんだった！」

と彼はスッキリした顔で手を打ったものの、すぐ気まずげに目を泳がせる。それはひとえに、公平がその瞬間にうまく笑えなかったからに違いなかった。

「ああいや、別に……小学生なんて、みんなそのくらいのこと言うじゃん。将来の夢は宇宙飛行士！　とか、サッカー選手！　とかさ。そういうノリだよ」

かえって気を遣わせてしまったらしく、彼はまた早口でそんなことを言って口の中にパンケーキを詰め込む。

「……そっか。そうですよね！　それに、今はもう宇宙飛行士の試験って性別制限ないし。善行さんも、今ならなれます宇宙飛行士！」

「ははは！　そういやそうだ。でも今はもういいかなあ。俺、狭いとこキライだし」

「おっと。それはなかなか致命的」

「いくら受験資格に制限なくても、あんなとこで発作起きたら大変だぜえ？　それ考えただけで吐きそうになるもん」

口元についたチョコレートを指で拭った彼の顔は、言葉とは裏腹に寂しげだった。自分にバースファクターさえなかったら今頃どうしていただろう。というのは、オメガやアルファなら誰しも一度は考えることだ。

「……ところで、お前はなんで飛び級してまでロケット作りやろうと思ったの？　それこそ宇宙飛行士じゃなくて」

彼は指についたシロップをぺろりと舐めて、少し上目遣いに公平を見て首を傾げる。

「善行さん」

「ん？」

「よくぞ聞いてくださいました！」

公平は握っていたフォークを置き、ここぞとばかりに彼を見つめた。

何を隠そう、彼のような切ない悲しみ――オメガであることで、諦めなければならなかったことを経験した悲しみだ――を経てきた人を宇宙へ連れていくため、公平は科学者を志したのだ。

「俺の船で、月まで一緒にどうですか？」

決まった！　と思ったのも束《つか》の間、彼の首は公平の視界の中でミミズクのようにどんどん傾いていく。

「……公平さあ」

「はい」

「俺、言ったよなあ。ドヤりたい時は一呼吸置いてから喋ったほうがいいって」

「あっ！」

訝しげな目でじっと見つめられ、冷や汗が止まらない。言われてみれば――いや、言われるまでもなく、確かに説明が足りない。完全なる自己完結。独りよがりの極みだ。

「……説明させてください」

「初めからよろしく」

彼が頷きながら言ったのを聞き届け、公平はその時のことを思い出して口を開いた。

十年前の夏、種子島でのこと。自分の将来を左右することになったオメガの少年との出会いと、淡い初恋。アルファとしてのめざめ。

オメガは宇宙に行けないんだ。そう言って泣いていた彼のために、誰でも気軽に宇宙へ行ける船が作りたいと思ったこと。そんな夢のため死に物狂いで勉強し、祖父とともに渡米したこと。

科学者を志したきっかけの話は、今まで何度も請われるままに披露してきた。そのためブラッシュアップが利きすぎていて、話としてはかなりフィクションじみてきているかもしれない。

だからからかい上手な彼はまた、にやりと口角を上げてこう言うのだ。

ふーん。いい話じゃん。俺じゃなくて、その彼が運命の人なんじゃない？　なんて——

「公平、それ……」

——思っていた。きっと、不敵で色っぽい微笑みを浮かべているはず。と。

「……たぶん、俺だと思う」

「え？」

「俺だと思う。その、オメガ」

予想に反して、彼は指先から耳から首筋まで、公平から見えるありとあらゆる肌を赤く色づかせ、俯いて小さな声でそう言った。

「え……いやでも、善行さん。おいくつでしたっけ……」

「二十七」

「ですよね？　あの人、どう見ても中——」

「悪かったなガキ臭い高校生で……っ！」

小さな声が震えていて、気のせいでなければそれは涙声だった。

「……八月十日、〝みちびき〟十号後継機の打ち上げだ」

「そうです」

「白の半袖シャツに臙脂《えんじ》のネクタイ。それに、紺のスラックス」

「そうです」

「お前は、赤い、赤い――」

「赤い、エンデバーのTシャツ！　着てました！」

公平が応えると善行は俯いたまま手で口を覆い、けれども確かに「そうだ。着てた」と発した。

運命だ……。と、公平は知らず識《し》らず口に出していて、それより後は、食べかけのパンケーキを前に二人してしばらく呆然《ぼうぜん》としていた。

二人のことについて一体何から話せばいいのか分からないし、こんな話をしたあとにするべきほかの話も思いつかない。

「すごいなあ……」

ややしてから、善行が長い吐息とともにそう呟《つぶや》いた。

「お前は十年、ここまでまっすぐ走ってこられたんだなあ……」

「善行さん」

「頑張ればきっと、月にだって行けちゃうんだろうな」

真っ赤な顔で、泣き腫らした目で、しきりに声をしゃくりあげながら、彼は切なげな顔で笑った。そこには確かに、あの時「オメガは宇宙に行けないんだ」と言って泣いていた彼の面影があった。

「……泣かないで。善行さん」

その頬に伝う涙を、そっと指で拭ってやる。すべらかな肌の感触が、どこか懐かしく感じられる。

「行きましょうよ。月に。一緒に行きましょう」

「無理だよ俺は。……狭いとこ、キライだし」

「俺の船には広いシートを作りますよ。ビジネスクラスの個室とか、寝台列車の一等客室みたいな」

公平はここぞとばかりにショルダーバッグからピアスの小箱を出し、それを彼の冷たい手に握らせた。

「だから、善行さん。……俺の船で、月まで一緒にどうですか？」

善行はしゃくりあげていた息をますます詰まらせ、ぽろぽろ涙をこぼしながら手の中の小箱を見ていた。そしてしばらくしてから、黒いベルベットのそれをそっと――というよりは、恐る恐る開く。

「……モルダバイト――」

まろやかに光る深緑のガラスを見て、彼は少し目を瞠った。そしてその貴石を恭しく摘《つま》んで持ち上げ、目を瞠ったまま眉を寄せ首を捻る。

「——の、ピアス……ピアス？　なんで？」

気まずいような間の抜けたような、なんとも言えない複雑な空気がテーブルの上に凝《こご》っている。善行は照れているとも訝しんでいるとも取れない微妙な顔のまま、モルダバイトのピアスと公平の顔を見比べた。

「あのー、それはですね。昨日たまたま見つけて……善行さんに似合うだろうなあと思いまして……プレゼントをば……」

「あっ、たまたま？」

「はい。たまたま……」

「こういう時にたまたま持ってるのが指輪じゃないってとこが、お前らしいなあ」

そう言って善行はピアスを一度箱に戻して笑い、公平の頭をぐりぐり撫でた。

これ以上のシチュエーションはもう一生涯ないだろう。という時に格好がつかないところは、本当に嫌になる。けれど、彼が笑顔になってくれたならそれでいい。公平にとってはそれが何よりのミッション成功の証《あかし》だ。

「——ありがとう。つけてみてもいい？」

「もちろん！　俺も見たいです。絶対似合うと思うし！」

just do it ...now

そうして公平が熱弁を振るうと、善行は少し照れたような素ぶりで両耳から一つずつピアスを外し、公平の贈ったモルダバイトのピアスを代わりにつけた。

「……どうかな。似合う?」

「宇宙一綺麗です」

間髪を容《い》れずそう返す。すると善行は瞬《まばた》きの間にまた顔を真っ赤にして、「鏡見てくる」と席を立った。

＊　＊　＊

むかつきの込み上げる胸を押さえ、学は早足で化粧室に飛び込んだ。鍵をかけ、便座を上げ、少し体を傾けると容易《たやす》く胃の中身が逆流してくる。

どれだけ吐いても吐き足りない。気分も、体調も、こんなに最悪なことが未だかつてあっただろうか? 胃液も空になるくらい全部吐き出して、うがいをしたところで目眩に襲われ便座の蓋の上に座り込む。

首筋がひりひり痛んで、あんなに好きだった苦いチョコレートの匂い——公平のフェロモンが気持ち悪くて仕方がない。そのことに示唆される最悪の事態に震えながら、学は目を閉じて目眩の嵐《あらし》が通り過ぎるのを待った。

しかしこの段に至りこんなにも怯えて震えなくてはならないのは、ひとえに自業自得なのだ。浮かれていたとしか言いようがない。

今朝、初めにシャワーを浴びたあと。学は首筋をプロテクトしなかった。今にして思えばどうしてそんな迂闊《うかつ》な選択をしたのか、全く意味が分からないのだけれど。

強いて言うなら、今日が彼と過ごす十四日目であることが学の判断力を鈍らせた。今日は一日じゅう公平と一緒だし、彼とならもう構わない。とどこかで思っていたからなんだろう。

まさかその判断を、ものの二時間で後悔することになるなんて思いもしなかった。けれどそのことがなくても、どのみち学はこうして泣いていたような気もする。

運命のいたずら。という言葉では到底片付けきれない、彼との因縁。彼と自分の生きてきたこれまでの十年。その落差をああして見せつけられて、今もまだ涙が止まらない。

公平が自分の力にめざめ、努力を重ね、夢を叶《かな》え、恋を掴むために脇目も振らず駆け抜け全てを手に入れた十年の間に、学の純情は汚され、努力は水泡と化し、夢は砕け、恋すらも今まさに指の隙間からこぼれ落ちようとしている。

アルファが羨ましくて、恨めしくて、オメガに生まれた自分が惨めで惨めで情けなくて仕方がない。どれだけの手を尽くそうがオメガバースであるというだけでこんなにも全てが叶わないなんて、もうやってられない。

けれど、そんな「やってられなさ」だって乗り越えられたはずだったのだ。たとえこれが運命の恋だとしたって、そんなものには絶対に屈しない。そんなふうに意固地になっていた学を、ほかならぬ彼が変えてくれた。

公平は、アルファの癖にいいやつだ。よく気遣いができるし、まっすぐで素直で、正しくて優しい。

能天気で暑苦しくて、天然で妄想癖があって、たまに少し独りよがりなところがあるけれど、そんな自分をよく分かっている。

学は、そんな公平のことが好きだ。アルファなんて体以外は大嫌いだったけれど、そんな公平だったから性別なんてどうでもいいと思えるくらい好きになれた。

だから彼に恋をして、学の心はきっと前よりずっと自由になった。

二週間。たったの二週間だ。あっという間の出来事だったけれど、公平に愛してもらえて幸せだった。

——あの家を出よう。誰にも行き先は言わずに、どこかでひとりでやりなおそう。

自分の迂闊さから人に体を明け渡してしまったのを知られるのも、その悲しみにまみれた顔を見るのも、耐えられそうにない。

学はささやかに決意し、便座から腰を上げた。顔を洗って鏡を見る。彼がくれたモルダバイトのピアスは、自分で言うのもなんだがよく似合っていた。

今日はこのあともたくさん笑って、楽しく過ごそう。そんな一日があったという思い出だけで、一生事足りるくらいの日にしよう。自分にそう言い聞かせて席に戻る。公平は学の顔を見てぱっと相好を崩し、おかえりなさい！　と声を弾ませた。

「ただいま。……このピアス。確かに宇宙一似合うな。ありがとう。大事にするよ」

「えへへ。気に入ってもらえたならよかったです。……でも、善行さんかっこいいからきっとなんでも似合いますよ」

「そうでもないよ。ビタミンカラーはあんま似合わない。公平は逆にそういうの似合いそうだよな。エンデバーの赤いTシャツもキマってたし」

そうですかねえ。なんて言って照れ臭そうに頭を掻いている公平の笑顔に、胸が締めつけられて仕方がなかった。

俺にもこいつにも、バースファクターなんかなけりゃよかったのに。と思ったのは一度や二度じゃない。けれどこれがなければ自分たちは出会わなかったろうし、まして惹かれ合ったりなんか絶対にしなかっただろう。

今の自分や彼を作った根っこの部分にはバースファクターがあって、学はオメガに生まれたから今の学になり、公平はアルファに生まれたから今の公平になった。

仮に二人ともベータに生まれていたとしたらまず、種子島では出会っていない。学は宇宙飛行士の夢を諦めなくていいし、公平はロケット作りに使命感を持つ理由がない。

学は宇宙飛行士にはなれなくても医大には受かったかもしれないし、公平は日本で普通の大学生をしているかもしれない。それにもしかしたら二人とも、アルファ化する前の健のようなヘテロセクシャルだったかもしれない。

「――そろそろ行こうか。和馬が走るのは夜だけど、明るいうちにカメラちょっと触っときたいだろ」

と学が言うと、公平は目を丸くして「え！」と声を上げた。

「善行さん、パンケーキ……残ってますけど」

「ああ。……やっぱりちょっと、多かったな。食べる？」

「あ、じゃあ、いただきます！」

そう言って公平は学の皿を自分の方へ手繰り寄せ、興味津々な顔つきで学の残したパンケーキに手をつける。

けれど三口も食べたところで彼はフォークを置き、おもむろにポケットティッシュを取り出して鼻を押さえだした。学はチョコレートを食べて鼻血を出す人間を自分以外に初めて見た。

そうして二人して胸焼けを蓄えてしまったので、腹ごなしも兼ねて記録会の会場になっている大学へは一つ手前の駅で降りて歩いた。街中では手を繋いで歩いてもあまり周りの目は気にならなかったけれど、街並みが閑静だとなぜだか少し面映ゆい。

しかしキャンパス内にあるトラックは記録会にエントリーしている選手や応援のギャラリーで賑《にぎ》わっていて、油断するとすぐにはぐれてしまいそうだ。幸い公平は背が高いので見つけやすいが、学の身長は人並み中の人並みなのであまり見通しが利かない。

「善行さーん！　こっちです！　こっち！」

学はどうにも吐き気が治らず、たびたびトイレと公平の横を往復した。そのたび公平はこうして、立ち上がって大きく手を振り居場所を報《しら》せてくれる。

「ありがとう。ごめんごめん。シャッタースピードの合わせ方分かった？」

「さっきよりは少し。でも、明るさが変わるとすぐブレちゃって……」

公平は、買ったばかりのカメラと格闘している。素直に自動設定で撮ればいいものをなぜかマニュアルモードにこだわり始め、手ブレ写真を量産しているようだ。

「いくら天下のアルファ様だって、今日の今日でマニュアルは難しいって。オートでも十分綺麗に撮れるよ？」

「アルファだからできると思ってやってるんじゃないです。使い方とかコツを早く覚えたら、それだけたくさん善行さんの話についていけるじゃないですか。でもこれ、難しいなーっ！」

公平は、少しぶすくれながらトラックを走る選手にファインダーを向ける。ビギナー向けのミラーレスは、公平の手には少し小さくてなんだかそれも可愛い。

しかしやっぱりどうもそばにいると胸がむかむかして、学はその姿が見える範囲の少し離れたところで公平の様子を見守った。

もしこれが健とつがいになってしまったことによる拒絶反応だとすると、公平の側でも学のフェロモンは感じ方が変わっているかもしれない。

そんなことを悟られるのも怖かったし、気づかれていなくとも何か言われたらぼろが出るんじゃないかと気が気じゃない。

「……公平！」

背後の少し離れたところから呼ぶと、彼は振り向いて眩しいくらいの笑みを学に向けてくれた。離れたくなさに切なくなり、近づきたくなさに苦しくなる。

「和馬が着いたみたいだから、ちょっと顔見てくる」

「あ、じゃあ俺も――」

「いや、ごめん。遠慮してやって。……実は今朝、あいつちょっと。プレッシャーで参っちゃってて。発作起こしてたんだ」

と学が口にすると、公平ははっとしたような顔をして一度カメラを下ろした。

「……大丈夫だったんですか？」

「うん。……ただ、万が一ってこともあるからさ。付き添い要りそうだったら手伝ってくるけど、たぶんすぐ戻ってくるからここで待ってて」

学は返事を聞く前にその場を離れ、公平の気配を感じなくなった場所まで来てようやく大きく深呼吸ができた。

和馬と知り合って初めて知ったことのひとつに、スポーツ界でのオメガ差別の激しさがある。「アンチドーピング」と言えばもっともらしく聞こえるが、実情はほとんど単なる心無い差別と嫌がらせだ。

陸上競技の場合だとオメガはつがいの有無で扱いを区別され、和馬のようなつがいを持たないオメガの選手は、毎回必ず検査官立ち会いのもとで所持品検査と尿検査が行われている。待機場所もほかの選手とは離れた場所に作られる場合がほとんどだ。

「――まあ待機のテントが離れてるってのは、俺的にはありがたいけどね。余計な気ィ張らなくて済むし、集中できるし」

と言って、和馬は検査のために長机の上へ広げた持ち物を几帳面《きちょうめん》にもとのスポーツバッグへ詰めていく。学はその間に、彼のウエアに安全ピンでゼッケンをつけてやった。

「ドーピングに引っかからない薬もいっぱいあるのに、抑制剤とか抵抗薬全然使わないアルファも多いんだ。鼻曲がりそうになるよ」

「へー、やばいなそれ。そういう人って、普段どうしてんの？　色々垂れ流し？」

「そうそう。狭い世界だし、寮だと記録持ってりゃデカい顔できんだ。で、こっちには普段は薬使え。大会は薬使ってたらダメ。どうかしてるよマジで」

そんなぼやきはもう何度聞いたか分からないが、和馬のルーティーンのようなものなのでうんうん頷きながら聞き流す。

「なんか、いつもの調子で安心した。邪魔して悪かったな。頑張って」

パイプ椅子から立ち上がると、和馬はそんな学の顔をじっと見上げて目を眇《すが》めた。

「なんだよ。顔にチョコでもついてた？」

「……大丈夫？」

「え？　いや、俺は別に全然……なんで？」

「ならいいんだけど……なんか、白い顔してるから」

持ち物を全て鞄《かばん》に戻し終えた和馬は、学の顔を覗き込んでそんなことを言った。

「ああ……大丈夫大丈夫！　さっき調子に乗ってパンケーキ食いすぎたから胸焼けしてるけど、すぐ治るよ」

「善さん甘いもん食って胸焼けなんかしたことないじゃん！」

そんなことを言う和馬の泣きそうな顔を見て、来なきゃよかったかな。と学は少し後悔した。かえって動揺させてしまった。

「んなことねえって。アラサーになるとドカ食いがキツいこともあるんだよ。……大丈夫だから。今は自分のことだけ考えてな。俺もケンさんも……あとの二人も、お前がいい記録出してニコニコ帰ってくんの待ってるから」

学は和馬の肩を叩き、それだけ伝えて待機場所のテントを出てきた。今朝のことはなるべく気に病まずに走って欲しいと思うし、そういう言葉を選んだつもりだ。けれど気のいい奴なので、そうもいかないんだろう。それが分かるだけに心配は尽きない。

あの家に十年居て、全ての時で居心地が良かったかと言えば別にそうでもない。けれど今の住人は奇跡的にみな本当に気持ちのいい連中で、いざ離れることを決めてみるとちょっと感傷的になった。

百恵は早くカミラとつがいになれたらいいなと思うし、和馬が世界の舞台で走るところが見てみたい。その時の彼をそばで支えているのが健でありますように。と友人の一人として祈ってやまないし、公平とはずっと離れたく――

「――離れたくないってなんだ⁉　意志が弱すぎる！」

大きめの独り言とともに頭を抱えた。今の流れから行けば最後は絶対に「公平が、自分の作った宇宙船で月に行けたらいいなと思う」となるはずなのに。

気づけばすっかり陽は落ちて、トラックは投光器の白い光に照らされている。けれどギャラリーの溜まっているあたりはところどころ暗く、公平の姿が見つけられない。

ほんの少し離れていただけで、その間に少し景色が変わっているだけで、どうしてこんなに心細いのか。不安で胸が押しつぶされそうになって、バグったとしか思えないほど思考回路がバカになるのか。

それはきっと、自分は公平に恋をしていて、なおかつ後ろめたいことがあるからだ。

そして、そのことで公平に嫌われたり軽蔑されたりするのが怖いからだ。

不慮の事故、そしてスケープゴートとはいえ、彼が留守にしているほんの少しの間にほかの人間と肌を重ねた。それだけでなく、迂闊さから取り返しのつかないことを起こしてしまった。

こういう時、いつも決まって「これだからオメガは」と言われる。

不慮の事故なんて言ってるけど本当は誘ったんだろうとか、プロテクトしてないならどうせ普段から大した貞操観念を持ってないとか、まだ言われてもいない誹謗《ひぼう》中傷が百万通りは思い浮かぶ。

もちろん公平はそんなこと絶対に言わない。きっと言わない。言わないいんじゃないかと思う。少なくとも、思っていても口に出しはしない。口に出しはしないかもしれないが、目は口ほどにものを言う。

だから、そんな目で見られるくらいなら、どこか遠くで独りになりたい。

健はただその時が来たら和馬と結ばれたらいいだけの話だし、自分は今まで恋人がいなくて寂しいとか不幸だとか思ったことはない。ひとりでもずっとそれなりに楽しくやっていて、公平のことは好きだと思うが「ないならないでやれたけど、あると完璧」という程度のもので。

つまり「完璧」を知ってしまった以上は、知る前の自分には戻れない。公平がそばにいないなら、免疫不全でもなんでも起こしてしまえばいい。

「――ごめんごめん。いっぺん素通りして一回りしちゃった」

暗くなってから戻ってきた学の顔を見て、公平は安堵《あんど》を隠さず胸を撫で下ろす。

「一気に暗くなりましたからね。……湯本さん、どうでした？」

「うん。落ち着いてたよ。いつも通りぼやいてた」

「よかった。……善行さんも、今日はパンケーキの食べすぎ以外はずっと調子良さそうでよかったです」

公平がからかうように発したのその言葉に、背中へ氷を入れられたような心地がした。

「……そう見える？」

「はい。フェロモン気にならないから」

「そっか。……そうなんだ。自分じゃ分かんないけど」

胸のむかむかが、よりどす黒い不安のざわめきに変わる。あれだけ自分のフェロモンに参っていた公平が「気にならない」という状態――果たしてそれは、本当にただ薬がよく効いているだけとか、抗原ができつつあるというだけのことなんだろうか。

よくよく考えてみれば思い当たる節が、ほかにもいくつかある。

いつも外を歩くと寄ってくる怪しげなスカウトが、一人でいる時にも一切なかった。

さっき和馬の顔を見に行った行き帰りも、一度もナンパされなかった。

というかそもそも、今日は「あ、あの人オメガだ」的な視線を全然感じなかった。

ということはやっぱり今、自分のフェロモンは特定のたったひとりにしか通用しなくなっているんじゃないだろうか。

＊　＊　＊

和馬は無事に自己ベストで大会への参加標準記録をクリアし、三人揃って健にビデオ通話をかけると彼もまた画面の向こうで胸を撫で下ろして涙ぐんでいた。

家には出張から帰ってきた百恵もいて『じゃあ今夜はパーっと祝勝会と行きますか！』なんて言っていたものの、肝心の和馬が学生時代の仲間とこのまま焼肉に行くと言うのでメゾンAtoZの祝勝会はひとまずお流れだ。

「俺たちも、今日はどこか外で食べて帰ります？」

「ああ、うん……そうしようか。せっかくだし」

と口では言ったものの、学の頭の中は「自分がほかの人間とつがってしまったことを、公平が勘づいていたらどうしよう」というのに大半を占められてしまっている。とてもではないがどこで飯を食うかなんて考えられる状態にない。

「なんか食いたいもんある？　任せるよ。昼は俺の行きたいとこ行かせてもらったしさ」

そのため電車に乗ってからそう尋ねてみたものの、公平はつり革を摑んだまま学の顔をじっと見下ろすだけで答えない。

「……公平？　どうした？　おーい」

こいつ、また妄想のお花畑に……と少し呆れながら目の前で手を振ってみる。すると公平は少し大仰に目を瞠り、そしてすぐに微笑んだ。

「すみません。俺の彼氏、あまりにもかっこよすぎでは？　と思っていたらフリーズしてしまいました」

「またお前はそうやって……一生やってろ」

「もちろん。一生やらせていただけるなら、やらせていただきますけど」

そんな軽口を叩きながら窓に反射する学の顔を見つめ、公平は「なーんて」と言って言葉を続けた。

「善行さん。……何か、話したいことがあるんじゃないですか？」

「えっ？」

「それとも、やっぱりちょっと体調よくないですか？　フェロモンの方は薬が効いてるみたいですけど、お昼食べてから少し元気ないですもんね。やっぱり外食はやめて帰りましょうか」

学が窓の反射ではなく真横の公平の顔を直接見上げると、彼もまた同じように学を見つめていた。少し不安げに揺れている、けれど優しい瞳だ。

そんな彼の目を見ていると、軽蔑されるんじゃないかという不安より傷つけてしまうんだろうなという罪悪感でいっぱいになる。

恋人が何も言わずに姿を消すのと、不慮の事故によってほかの人間とつがってしまったこと。その二つは、公平にしてみたらきっとどっちもどっちの悲劇だ。

だったらむしろ誠実な言葉で、きちんと話をして誠心誠意謝った方がいいような気がしてきた。

幸い和馬は自己ベストを更新したので、学のしたこともきっと無駄じゃなかった。それにメゾンAtoZのルールから言えば、学は後ろめたさを感じる必要も、後ろ指を差される謂《いわ》れだってない。この先自分の体はどうなってしまうのかという不安はずっとつき纏《まと》うんだろうが、それはもう、仕方がないこととして割り切るしかない。

それらを全て理解した上でそれでもこんなに恐怖感や罪悪感に苛《さいな》まれるのは、ひとえに愛されているのが分かるからだ。

学だってきっと、例えば彼自身が納得ずくであったとしたって、公平の心や体が彼自身のためでないものの犠牲になったとしたらとても悲しい。公平が、ほかの何かを優先するあまり自分自身をないがしろにしたと知ったら傷つく。

「……どっかで少し、話そうか」

学が改まってそう言うと、彼は少しだけ緊張したような顔を見せて「分かりました」とゆっくり発した。

次に停《と》まった駅で電車を降り、すぐにタクシー乗り場の列に並んだ。きょとんとした顔の公平に構わず、運転手へ「三丁目あたりで適当に降ろしてください」と伝える。

少しして降りた場所がホテル街だったからか、公平は動揺を隠そうとしているのがみえみえだった。

居酒屋やレストランだと、万一自分や公平が大きな声を出した時に迷惑をかける。人目を気にせず二人きりで話ができるところ――と考えた時。カラオケより先にこっちが思い浮かんだ。

学も別に詳しいわけではないので、なんとなく新しそうなところへ適当に入って適当に部屋を選ぶ。公平はなんだかずっと興味深そうにあたりへ視線を巡らせていた。海外暮らしが長かったので、もしかしたら初めて来たのかもしれない。

「――まあ、適当に座ってな。お茶でいい？」

さほど広くはない部屋へ押し込んだように置かれているソファで、公平は借りてきた猫のようになっている。

「お茶でいいです。ありがとうございます」

冷蔵庫からペットボトルのお茶を出し、そんな公平へ放ってやる。酒の力も借りようかと一瞬缶ビールに手が伸びかけたが、いやいや。誠意に欠ける。と思い留《とど》まってミネラルウォーターを選び学も公平の横に腰かけた。

「善行さん、結構来るんですか？　こういうところ」

公平はそわそわ落ち着かない様子で、手の中でペットボトルを転がしていた。何を聞かされるのか分からず怖がっている――というよりは、何かされるのを期待して待っているような顔だ。

「そんなわけないじゃん。来る必要がない」

「ああ、そっか。そうですよね。そうだそうだ……」

そんな顔をさせているのが忍びないやら申し訳ないやらで、口ぶりがかえってぶっきらぼうになってしまった。学の口ぶりに呼応したように、公平もまた恐縮したふうで肩を縮こませながらペットボトルの蓋を捻る。

「――で、その……話というのは」

公平は、緊張を誤魔化《ごまか》すようにペットボトルを一口呷って切り出した。

「ああ、うん。……今朝の――」

「いやっ！　やっぱりちょっと待って！」

絵に描いたような慌てぶりで学の話を遮り、公平は真横の学に体を向ける。

「あのっ……設けていただいた場に便乗する形になってしまい申し訳ないんですが、先に俺から話してもいいですか」

いつになく真剣な顔つきで真正面から見つめられ、一瞬息が止まった。なんとか「うん」と頷いて、公平に続きを促す。

「善行さん」

「うん。なに？」

「……俺のこと、避けてますよね。昼から」

ずばりと核心に触れられ、答えられずに固まった。そんな学を見て、公平はひどく傷ついたような顔で続けた。

「きっと魔法が解けちゃったんだなって思うんですけど……でも、俺の気持ちは変わらないから。今度はちゃんと好きになってもらえるように、好きだって気持ちがちゃんと伝わるように……頑張っても、いいですか？」

絞り出すように言った公平の両腕は細かく震えていて、学の体へ伸びてくるようで伸びてこない。こんな場所に居てさえ彼は、断りなく人に触れるようとはしないのだ。見ていて苦しいほどもどかしくて愛おしい。

「――大丈夫。魔法は解けてなんかないし、お前の気持ちは痛いくらい伝わってるよ。……だから、俺のこと抱きしめて」

けれど学がひとたびそう口にすれば、公平は言葉が終わるより先に強く学の体を引き寄せる。苦しいくらいの力で学を抱きしめる公平の体からは、チョコレートの匂いによく似た濃く甘いフェロモンが迸っている。

体は、嗚咽《おえつ》がこみ上げるほど彼の性を拒んでいた。けれど学はそれを飲み込んで、ただ愛だけで公平の体にしがみつく。

「不安にさせてごめん。いっぱい好きだって言ってくれてたのに、ちゃんと聞いてなくてごめん。……照れ臭かったんだ。どうしてそんなに好きでいてくれるのか、分かんなかったから」

「どうしてって、そんなの――」

「言わなくていい。……ちゃんと、分かってる」

どうしてもっと早くそう言わなかったんだろう。どうしてもっと早く分かち合おうとしなかったんだろう。そんな気持ちが涙と一緒に溢《あふ》れた。チャンスなら出会った瞬間から無限にあったのに、その全部を摑み損なった。運命も何もあったもんじゃない。

「好きになってくれて、愛してくれてありがとう。……俺も、公平のことが好きだ。お前と一緒に生きたかった！」

そんな嗚咽まじりの告白を聞き、公平は訝しげに学の泣き顔を覗き込んだ。絶望的な真実を嗅《か》ぎ取ったようなその顔を見ていられなくて、学は深く俯いたまま口を開いた。

「……和馬、発作起こしたって言っただろ」

「はい。それが一体――」

「お前が大学に忘れ物取りに行ってる間……ケンさんがラットして、それで俺、あの人に和馬襲わせちゃいけないって思って、でも、ちゃんと首の保護してなくて……っ」

公平は声ならぬ声を上げ、学が首を摩っていた手を退《ど》けた。痕《あと》がないことは何度も鏡で確かめたけれど、そこをまじまじと見られるのは何よりも辛かった。

「……そんなはずない」

「ごめん。公平。本当にごめん……っ！」

「いや、ないです。本当にない絶対ない。だって――」

公平は泣きぐずる学の両肩を摑み、目線をぴったり合わせるようにして、噛んで含めるようにはっきりと言った。

「――今、俺は、あなたのフェロモンにめちゃくちゃ興奮してます」

「……は？」

「今なら三擦り半も要りません。二擦りでイケます」

自分でもどうかと思いはしたものの、つい目線を公平の下腹部に運んでしまう。確かにそこは不自然な張り方をしていて、おまけにそうして下げた視線が、同じようにそこを見た公平の視線と気まずくも交わる。

「でっ……でも、さっきはお前、今日はフェロモン気にならないって！」

「いや、それはあくまでいつもに比べてって意味で……」

「え、えっ、でも、それに俺もう、お前のフェロモンが辛くて、昼からずっと胸がむかむかして吐き気が治んなくて——」

「あ、だからですか⁉　俺のこと避けてたの」

口に出すのも辛い事実は、彼の耳にも辛いに違いない。——と思っていたものの、公平はなぜだか安堵したような息を吐いて、不承不承といったふうに学から距離を置いた。

「……言いにくいけどそれ、本当にただの食べすぎと胸焼けだと思う。俺のフェロモンって確か、チョコレートの匂いに似てるんですよね？」

「似てる……」

「フツーに考えたら、朝イチでホットチョコレートひっかぶった上にアレ半分以上食ったあとで、例えばチョコレートの匂いの香水つけた人と一緒にいるの……誰だってめちゃくちゃしんどくないですか？　トリプル……なんでしたっけ。なんとかのマシマシ」

「お、俺はチョコ食って胸焼けしたことなんか一回もない！」

「俺は研究室で、善行さんと同じくらいの歳の学生さんによく『揚げ物と甘い物は二十五までに食えるだけ食っといた方がいい』って言われます。……歳いくと量食えなくなるからって」

確かに、公平や和馬くらいの頃に比べると最近は暴飲暴食のあとがキツいと感じることが多い。今日食べたパンケーキだって、少し前なら余裕で完食していたはずで――。

「……殺してくれ」

「嫌ですけど、気持ちは分かります」

「だってこんな、こんなことってあるか!? こんな勘違いっ……」

「勘違いでよかったです。……本当によかった」

そう言って公平は、少しばかり逡巡した様子を見せはしたものの、思い切ったようにまた正面から学を強く抱きしめた。

「本当に、無事でよかった……」

「公平」

「あの家は、あなたにもみんなにも必要な場所なんだっていうのは分かります。だけど……あなたの分は、俺だけじゃダメですか」

抱擁もさることながら、彼の言葉で学は確かに発情した。やっぱり今は公平の匂いで胸はドキドキというよりむかむかしているけれど、今すぐこいつとキスできなきゃ死ぬ！　というくらいの、馬鹿馬鹿しいほどの危機感が全身を火照らせてしょうがない。

「……ごめんなさい。俺、勝手にあなたのこと抱きしめちゃった。こんなんじゃ、ダメですね」

「ううん。ダメじゃない。そういうところ、すごく好きだけど……俺に対してはそのくらいうぬぼれてていいよ」

そう言って、離れていこうとした公平を引き止める。もともと一つの塊だったみたいにぴったり組み合わさって、チョコレートみたいに溶けてくっついて、二度と離れられなくなってしまえばいいと思った。

「公平、キスして。いっぱい抱いて。そしたら安心できる――」

やっぱり学が言い終わるより先に、公平は学の唇を奪いソファの上に押し倒した。息ができないほどの熱いキスに、胸焼けなんて感じている余裕はなくなる。

「――んっ、んぅ、んん……っ」

公平は学を正面から掻き抱き深い口づけを繰り返しながら、学の体を抱き上げて立ち上がった。浮遊感が心もとなくて体を強張らせ、学は両腕で公平の首元、両脚で公平の腰元にぎゅっとしがみつく。

「……善行さん」

「ん……？」

公平はまるでお姫様にでもするようにベッドの上へそっと学の背中を下ろし、キスの最後に唇へ触れた。

「好きです。明日も、明後日《あさって》も……百歳になってもあなただけを愛してる」

それから次に頬に触れ、耳たぶについているモルダバイトのピアスにも触れ、今度は啄ばむように額へキスをした。

「……ありがとう。俺は、当代一の幸せ者だ」

そう言って鼻の頭にキスを返し、上着は自分で脱いだ。下に着ているTシャツはデートのはじめに買った色違いのペアルックで、キスを繰り返しながらどちらからともなく「お揃い……」「お揃いだ……」と呟きながら脱がせ合う。

「……かっこいい」

公平は、学のへそのピアスにも触れて呟いた。まだ完成していないピアスホールは動かされるとじくっと痛み、少し倒錯的な気分になる。

「似てるだろ？　お前に。……お前のこと考えながらカラダに穴開けたんだよ」

煽るように言って、頬に手を伸ばし顔を上げさせる。思った通り公平は興奮で顔を赤くしていて、困ったように眉尻を下げている。

「なっ、なんか、言い方がエロい！」

「うん。だって、エロいことはエロい気分でしたいじゃん」

公平が動揺してもたついている隙を衝《つ》き、体を起こして相手の上にのしかかった。公平は割にインドアな生活を送っているはずなのに、なぜかいい体つきをしている。地黒なのか健康的な肌の色をしていて、生っ白い自分とは大違いだ。

「……俺も、公平にいっぱい触りたい——下、脱がせてもいい？」

おねがい。と強請るつもりで言って、そっとフロントのボタンに指を添わせる。公平は少し震えた声で「お願いします」と言って、後ろに両手をついた。

「ありがと。……かっこいいよな。お前のここ」

公平は少しタイトなパンツを穿いていて、中で張り詰めているものの形が脱がせる前からくっきり浮かび上がっている。

ボタンを外してくつろげてやると、公平のそれは気のせいでなければ開放感を喜ぶように少し動いた。けれどあんまり硬く張り詰めているので、引っかけると痛いかもしれないと思い、下着は慎重に下ろす。

「……すっごい勃ってる。でかいね。かっこいいよ」

彼の脚の間にうまいこと納まって、片手で袋の方を触りながらもう片方で陰茎を上下に擦った。公平は時折息を詰まらせながら学のことをじっと見ていて、学がそんな公平の様子を窺った時には軽く目が合う。

赤い顔で、恥ずかしそうに目を細める公平が可愛い。興が乗ってきて、学は手の中の公平にキスをした。

すると公平の内股《うちまた》には一瞬びくっと力が入って、腰が引けているのが分かった。けれど学はそれを許さず、身を乗り出して彼自身を深く咥えこんだ。

する前は「二擦りでイケる」なんて言っていたが、先走りも出ていないのでまだまだ射精には至らないはずだ。引き続き学は公平の昂りに何度もキスをして、舌を這わせ、乾いたところのないようにくまなく愛撫をした。

「あっ、あ……善行さんっ……すごい、上手……っ」

公平はうっとりした顔で、けれどその声にはどこか悔しさを滲ませながら呟いて学の髪を撫でた。そんな公平を上目に見ながら鈴口を唇で擦ると、じわっと出てきた苦くて温かい汁に口の周りを汚された。

「んっ……公平、すごい……ぬるぬるいっぱい出てきた」

彼の先走りと自分の唾液とで両手と口の周りをどろどろにして、学は公平の昂りをしゃにむに弄んだ。気持ち良さそうに目を細め、息を詰まらせている公平の顔はたまらなく色っぽい。

自分が齎《もたら》した快感で、恋人がこんなにも切なげな顔をしている。そんな事実に学も強く興奮を覚えて、自分も下を全部脱いだ。

「公平……好き……好きだ……」

案の定、自分の後ろ側はもう彼の先走りに似たものでたっぷり濡れている。学は公平の脚の間で膝を折り、頭を伏せ、強請るような格好で愛撫を続けながら、片手では自分の体を慰める。

「あっ、はぅ……公、平――っ」

「善行さん。俺にもさせて。ね？」

公平は優しい声でそう言って横になった。そしてそっと学の膝を割り、濡れた窄《すぼ》まりを指で広げて舌を差し込む。

「はぁっ、あ、公へっ……あ、あっんんっ」

「……まだちょっと固い。もっと解さないと」

「んっ、ふぅ……ふ、う、ふぁ……あ、ひもひい……っ」

学も負けじと彼の昂りを愛撫し続けたものの、触るごとに嵩《かさ》を増してどぷどぷと透明な汁を出し続けるそれは正直だんだんと手に余ってきた。

それに自分も、後ろから前からいいところを舐められたり触られたりして、気持ちよくてどうにかなりそうだ。

「ああんっ！　あ、ああっ、公平、あ、そこっ、あ、あぁっ！」

「気持ちいい？」

「いいっ、あっ、いいっ……いっ、いくっ、やらっ、ティッシュ……っ！」

公平はそこから頭を上げ、さっとベッドサイドへ腕を伸ばしてティッシュを箱ごと持ってきた。

「あ、あぁっ、あ、いく、いくっ、あぁぁ……っ！」

そして豪勢に引き抜いたそれを学のものの先にあてがいながら、体の中を刺激して絶頂へと誘《いざな》う。自分でもどうかと思うほどびくん、びくんといやらしく腰が震えて、長く激しい射精が続く。

けれど学の精液は、一滴残らず公平の手の中にあるティッシュに吸い込まれていった。

「……セーフ！」

公平はホッとしたような、少し自慢げな顔で学を見て言った。

「同じ轍《てつ》を二度踏む俺ではありませんよ！」

学はふわふわとした余韻の中に漂いながらそんなセリフを聞き、幸せな気持ちで「うん」と応えた。

「ありがと……気持ちよかった……」

「いえいえ、別に、そんな……」

横たわったままの学がそう言うと公平は少し照れたような口ぶりで発し、今度はコンドームを二つ持ってきた。そして一つを自分につけ、もう一つを学の目の前でひらひらと振ってみせる。

「自分でつけますか？　それとも、俺がしてもいい？」

そんな尋ね方で「つけたいんだな」と悟り、学は体を起こし公平の胸に背中を預けた。

「……この格好でつけて。なんか、お前になったみたいで興奮するかも」

「ぜっ、善行さ――」

「出したばっかだからな……ちょっと勃たせてからじゃなきゃつけにくいな」

脚を広げて膝を立て、彼の手を取って一緒に自分のものを扱《しご》く。

「ん……公平……そう、上手……」

「――善行さん。いつもこんな感じでしてるんですか？」

「んー？　ふふふ。それは内緒」

お前のものによく似たおもちゃでケツほじくってるよ。なんて言ったら、さすがに引かれそうだ。そのため、学は黙って彼の手を使い、いつも自分でする時よりはかわい子ぶった手つきで自分自身を愛撫する。

「あっ、あぅ、そこ……そこも、あ、いいっ……」

公平は、もう片方の手で学の胸の先も愛撫した。爪《つめ》の先で軽く引っ掻いたり、指の腹で擦ったり、摘んで形を変えたり。片方だけに与えられる刺激にもう片方が嫉妬して、触られてもいないのに赤く色づいてぴんと存在感を示している。

「……可愛い。善行さん。食べてしまいたいくらい」

うっとりと濡れた声でそう囁き、公平は学の首筋にキスをした。

「あっ……公平っ……」

「――大丈夫。分かってます。今は、まだちょっと早い」

躊躇《ためら》ったのを悟ってか、公平は少し寂しげに言って学の乳首や陰茎から手を離す。全身を支配していた強い快感を取り上げられて、頭がどうにかなりそうだ。

「……顔、見ながら挿れたい」

そしてまた濡れた声で耳元に囁かれ、学は一切の抵抗を捨て「うん」と頷き仰向けに横たわった。そして天井の灯りを背負った公平に両腕を伸ばして甘える。

「公平、来て。……俺のへこんだとこ、公平でぜんぶ埋めて」

学がそう言うと、公平はすぐに学を正面から強く抱きすくめて深く唇を重ねた。濃密な性の匂いに頭がぼうっとして、体の中は火照って仕方がないのに指先はなぜか冷える。

「んっ、んぅ、ふ、ふぁ、あ……ああっ……公平っ！」

唇が離れてしまったと思ったら、ぐっと腰を持ち上げられて公平がゆっくりと押し入ってきた。その強い圧迫感と熱感に、体が中から疼《うず》いて疼いて仕方がない。

「ああっ……いいっ、公平、すっごい、気持ちいい……っ！」

「善行さん……あんま、煽らないで……い、いっちゃう……っ」

ふー、ふー、と大きくゆっくりした呼吸を繰り返しながら、公平は少しずつ前後に動き始めた。焦らすようなその動きがたまらない。繋がりあった部分も少しずつ蕩《とろ》けて、彼のものに甘えるように絡みついているのが自分でも分かる。

「あ、あぁ、こうへ――あ、きもちい、気持ちいいけど、焦らすなって！」

みつき、体の奥の奥へと彼を招いた。

「やっ、あ、そこ、おくっ……あああ、あ……きもちいい……っ」

あんまりじりじり責められるのに堪えられず、自分で腰をうねらせ脚を絡めて彼にしがみつき、体の奥の奥へと彼を招いた。


「公平っ……好きっ、好きだっ……」

「うん……俺も善行さんのこと――」

好きです。と切羽詰まった声で早口に言って、公平は学の体をきつく抱きながらずんずんと中を突いた。普段の過剰なほど理性的な彼とは百八十度違う、本能のまま学の体を貪《むさぼ》るようなその雄々しい腰つきに、学も全身が痺れるほど高ぶって震える。

「あ、あ、あ、あぁっ、あ、いいっ、だめっ、好きっ、あっ、ああっ、公平……っ！」

「っ――あ、善行さ……ごめん、もっ――無理っ……我慢、できな……っ！」

「ふぁ、あっ、お、俺も、だめっ――公へ、かっ、噛んでっ……」

公平の犬歯が学の首筋を捉《とら》え、素肌に深く食い込んだ。と同時に学の胎内では公平の亀頭球が膨らみ、学の窪んだところは全部が彼に満たされていく。

「あ、あ、公へ……あ、い、一緒に、いきた――あ、あああぁ……きもちいい……」

胎内で愛する人の躍動をただ感じるのとも、絶頂した時の快感とも違う、頭の中が白い光で満たされて体が浮かび上がるような多幸感があった。

彼は学の首筋に歯を立てたまま、鼻でふうふうと荒い呼吸を繰り返している。学の中にあるままの性器は射精して少し小さくなりはしたものの、まだ固いままだ。

「――ごめんなさい。痛かった？」

やがて公平は学のそこへキスをしてから顔を上げ、しょんぼりと眉尻を下げて傷口をそっと撫でる。

「大丈夫。……なんか、すごい――ふわふわしてる」

強すぎた快感と多幸感にぼんやりしながらそう応えると、公平は学の顔を覗き込んで目を丸くした。

「……俺もです。なんだかすごく、幸せな気持ち」

抱き合いながら見つめ合い、しばらく何も言わないまま視線で「もしかして？」と「まさか」を交わし合う。けれどそんな沈黙もだんだん可笑しくなってきて、くすくす笑い合いながらそのままもう一度抱き合った。

＊　　＊　　＊

彼と出会って二週間と一日目の朝。公平は、自分の腕の中で寝息を立てている善行が変わらぬ愛くるしさでいることに大いに感動した。

体感としては昨日の時点でかなり彼のフェロモンには〝慣れて〟いたし、今だって匂い自体は「そういえば少し香ってるかも」というくらいのものだ。

にもかかわらず、起き抜けからいきなり「好き……抱きたい……」となるのは一体どうしたことか。

どうしたもこうしたもない。単純に愛だ。恋愛感情が生殖器官の作用を乗っ取り、公平の体を発情させていた。

「ん――……おはよ」

公平がその長い睫毛の先に触れると、善行はぴくりと瞼を震わせてゆっくりと瞳を開いた。

「おはようございます。ごめんなさい。起こしちゃいましたね」

「いや、いいよ。……とっとと帰んなきゃ。お前、今日フツーに仕事だろ？」

そうだった。今日は普通に平日の月曜日で、朝一番の時間に講義が入っている。泊まるつもりの準備もしてきていないので、常用薬の注射も家に置いたままだ。

「すみません。俺の都合で……こういうホテルって、バラバラに出ることってできないんでしたっけ？　なんならゆっくりしててもらっても」

「んー。フロントに言えば出してもらえると思うけど、一緒に出るよ。……先、シャワー浴びてきていい？」

善行は昨夜の情熱が嘘のようにあっけらかんとしていて、そっけなくも思えるその態度にはやけに不安を煽られた。もしかしたら、彼の体の中では公平のフェロモンに対する抗原が急に強く働き始めたのかもしれない。

昨日はああ言っていたが、胸焼けも単なる食べすぎだけでないことも考えられる。抗原の働きも普通は徐々に強くなるものだけれど、彼の体は何かとイレギュラーが多いのだ。

彼と出会って、二週間と一日。〝運命〟の期限は切れた。昨夜の交わりでつがいになれていたらいいのだけれど、そうでないとしたらまた一から自分のことを好きになってもらわなければならない。しかも、フェロモンの相性をあてにせず。

いや、望むところだ。やってやろうじゃないか！　と公平は決意も新たに彼とともにホテルを出てきた。どうせ一度は決めた覚悟だ。むしろ、昨夜一晩だけでもチャンスがもらえただけラッキーだったと言える。

やっぱり少し寝不足なんだろう。善行は、つり革に摑まったまま何度かうとうと船を漕《こ》いでいる。そのため公平はどさくさ紛れに彼の手を引いて乗り換えの駅で改札を出て、そこからはタクシーに乗った。

車に乗ってからも彼はどこか物憂げで、ずっと窓の外を見ている。その横顔があんまり綺麗なので見惚《みと》れることしきりではあるが、何を考えているのかが全く分からないので怖くて仕方がない。

抱き合っている時はやっぱりどこか正気じゃないというか、判断力が鈍りきっていたと思う。気持ちに応えてもらえたのだとしたらとても嬉しいけれど、どうして好きになってもらえたのかはよくよく考えたらピンと来ない。

この二週間のことを一つ一つ思い返してみたものの、どう考えても特別なことをしたような覚えがないのだ。ただただ自分の気持ちを繰り返し言葉にして伝え、自分の思う方法で彼を大切に愛おしんだだけだ。鬱陶しがられた覚えや、間が悪くキマらなかったことならたくさんあるけれど――。

「――あっ、すみません！」

そうして公平がぼんやりしている間に、支払いは善行が済ませていた。彼は慌てふためく公平を意にも介さず、マイペースに車を降りる。

運転手に礼を伝えて彼を追い、公平もタクシーを降りた。善行は大きな歩幅で足早にドアへ向かい、どこか逸った手つきでドアを開ける。そして、

「ああーっ！　くそっ！」

と大きな声で唸りながら頭を抱え、そのまま三和土《たたき》にしゃがみこんだ。

「ケンさんの匂いがする！」

匂い？　と咄嗟に聞き返しはしたものの、公平の嗅覚もすぐに湯本や楠田のフェロモンを微《かす》かにではあるが嗅ぎ取って彼の言わんとしていることを察する。

あの瞬間はなんだか、全てがうまくいったような気がしていた。けれど、気がしただけだったみたいだ。お互い以外の性フェロモンが感知できるということは、ペアリングが成立していない何よりの証拠だ。

「残念でしたけど、また次の機会に期待しましょう。楠田さんも、こればっかりは運だって言ってたし。ね？」

公平はにやけそうになるのを必死に堪えながら、彼の横へしゃがみこんでその肩に手を添えた。つがいになれていなかったのは心底残念だけれど、それをこんなに悔しがってくれているということはつまり、それだけ好きでいてくれているということだ。

「……次が、ちゃんとあるのか？」

けれど公平が胸を撫で下ろしている一方で、善行は俯いたまま蚊の泣くような声で呟く。

「今日もまだ、好きでいてくれてる？」

思いもよらなかった彼の問いかけに、心臓が爆発するんじゃないかというくらいときめいてしまった。

「そそ、そんなの、あ、あた、当たり前じゃないですか！」

二人は同じことで不安だったのだというのが嬉しいやら、不安に思わせてしまっていたのが不甲斐《ふがい》ないやらで、目が泳いでうまく言葉が口に出せない。けれど彼はそんな公平の顔を見て、ますます眉尻を下げている。どうも誤解を与えてしまった気がする。

「ほら……だって、食べ物のシュミとかいまいち合わないし」

「ニンジン代わりに食べてもらえるなら、こんなにありがたいことないです！」

「俺なんか、素直じゃないし意固地だし」

「そういう人の心を原形なくなるまでドロッドロに解かすの、たまらなくそそります！」

「七つも年上だし」

「俺は年上の人としか付き合ったことないですけど……でも、歳は関係ない！」

「それでもっ、やっぱり不安でっ――」

いつになく情けない顔で言い募る善行の唇を、衝動任せに奪ってしまった。普段なら絶対にそんなことはしないのだけれど、どうしても居ても立ってもいられなかった。

「――不安にさせてごめんね。でもよかった。俺も同じ気持ちです」

彼の瞳から溢れかけた涙を、指先で受け止めた。そうすることのできる幸運を噛みしめながら、公平は彼の腕を取って立ち上がり、改めて強く抱きしめる。

「不安だから、頑張らなきゃって思います。だって運命なんて響きはいいけど、星座みたいなもんでしょう。偶然を一つ一つ勝手にそれっぽい線で繋いで見てるだけで……そんな頼りないもの、いつまでもあてにしてられない。俺たちは全部、これからです」

出会った時には想像もつかなかったくらいに泣き虫の彼は今、公平の腕の中でしきりに泣き声をしゃくりあげている。

今まで辛いことがたくさんあったのかな。寂しい思いをしてきたのかな。そんなことを考えると、切なさのあまりもらい泣きをしそうになった。

けれどそんな彼が自分にだけ拭わせてくれる涙があること、弱いところを見せてくれたこと。星座みたいな運命よりもそんなことが嬉しくて、公平は〝運命の人〟ではない腕の中の彼を強く強く抱きしめた。

あとがき

初めまして。もしくはご無沙汰しております。くもはばきです。紙の本では初めてオメガバースを上梓させていただきましたが、どんなもんでしたでしょうか。

ちょうどこの作品を執筆している間に新型コロナウイルスが猛威をふるい始め、その影響もあり私も完全在宅ワークになりました。

幸い新しい生活様式はそこまで苦ではなく、お陰様で元気に過ごしています。元気すぎて頭を学の百倍ド派手な色にしてしまったので、私もフツーの会社勤めには戻れそうにありません。

とは言え現状まだまだ不要不急の外出が憚られる状況にあり、気分が塞ぐことも多い日々です。（出雲駅伝が中止だなんて……瀕死！）しかしそんな気分を払拭できるような、クスっと笑っていただける愉快なドタバタラブコメ。今作はそんな作品になっていればいいなあと思います。どなた様もご自愛くださいませ！　ステイホーム！

くもはばき

ラルーナ文庫

この本を読んでのご意見・ご感想・ファンレターなどお待ちしております。〒111−0036 東京都台東区松が谷1−4−6−303 株式会社シーラボ「ラルーナ文庫編集部」気付でお送りください。

本作品は書き下ろしです。

運命《うんめい》の期限《きげん》はざっと十四日《じゅうよっか》
～恋愛音痴《れんあいおんち》のオメガバース～

2020年10月7日　第1刷発行

著　　者｜くもはばき
装丁・DTP｜萩原 七唱
発 行 人｜曺 仁警
発 行 所｜株式会社 シーラボ
〒111-0036　東京都台東区松が谷 1-4-6-303
電話　03-5830-3474／FAX　03-5830-3574
http://lalunabunko.com
発 売 元｜株式会社 三交社（共同出版社・流通責任出版社）
〒110-0016　東京都台東区台東 4-20-9　大仙柴田ビル２階
電話　03-5826-4424／FAX　03-5826-4425
印刷・製本｜中央精版印刷株式会社

ISBN978-4-8155-3246-8